人生足音

李一 著

四川大学出版社

项目策划：何　静　王　静
责任编辑：杨岳峰
特约编辑：王　静
责任校对：毛张琳
封面设计：墨创文化
责任印制：王　炜

图书在版编目（CIP）数据

人生足音 / 李一著．— 成都：四川大学出版社，2020.7

ISBN 978-7-5690-3793-7

Ⅰ．①人… Ⅱ．①李… Ⅲ．①诗词－作品集－中国－当代 Ⅳ．① I227

中国版本图书馆 CIP 数据核字（2020）第 126058 号

书　名	人生足音
	REN SHENG ZU YIN
著　者	李　一
出　版	四川大学出版社
地　址	成都市一环路南一段 24 号（610065）
发　行	四川大学出版社
书　号	ISBN 978-7-5690-3793-7
印前制作	石　慧
印　刷	郫县犀浦印刷厂
成品尺寸	148mm×210mm
印　张	4.625
插　页	8
字　数	120 千字
版　次	2020 年 7 月第 1 版
印　次	2020 年 7 月第 1 次印刷
定　价	36.00 元

◆版权所有 ◆侵权必究

◆ 读者邮购本书，请与本社发行科联系。
　电话：(028)85408408/(028)85401670/
　(028)86408023　邮政编码：610065
◆ 本社图书如有印装质量问题，请寄回出版社调换。
◆ 网址：http://press.scu.edu.cn

四川大学出版社
微信公众号

◆ 1945年春节
参加抗日招待荣军工作期间

◆ 1948年
参加抗日战争后又进课堂

◆ 1949年5月20日
解放西京工作完竣留影纪念

◆ 1949年10月1日
西北军大留影

◆ 1949年10月1日
西北军大留影

◆ 1960年冬
偷闲读书

◆ 1990年6月4日　重游三峡

◆ 1990年9月30日　重访当年曾住过的财院窑洞

◆ 妻子与女儿　1991年于广汉水上公园

◆ 1993年10月23日　全家于成都科大留影

◆ 2003年10月 壶口瀑布

◆ 2003年10月 壶口瀑布

◆ 2003年10月 拜谒黄帝陵

◆ 2003年10月 延安窑洞——周恩来旧居

◆ 2004年　骑游洛带

◆ 2007年　避暑三江

◆ 2010年12月　游西昌邛海

◆ 2006年 铁力士雪山

◆ 2006年 埃菲尔铁塔

◆ 2006年6月 "扶正"斜塔

◆ 专著、论文、译作、荣誉证书

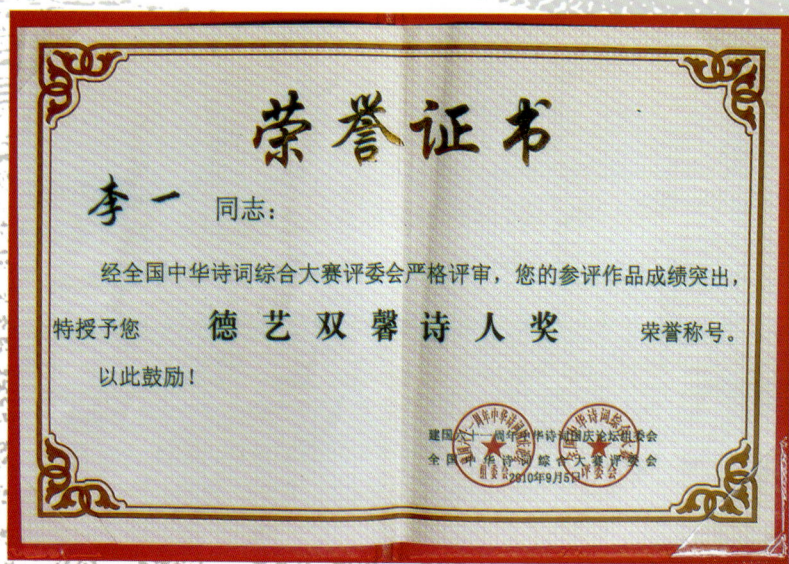

◆ 2010年 全国中华诗词综合大赛获奖荣誉证书

◆ 书法作品一（我行）

◆ 书法作品二
（黄河怒吼长城啸，怎让倭奴犯我家。弃学从军催战马，沙场杀敌卫中华）
注：该书法作品参展"纪念红军长征七十周年"（2006年10月12-16日，南京），后收入《铁骨丹心》书画集。

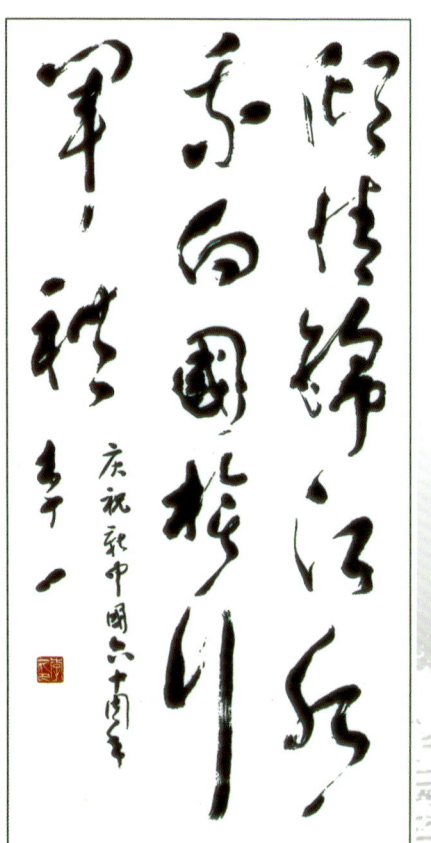

◆ 书法作品三
（倾情锦江水，我向国旗行军礼）

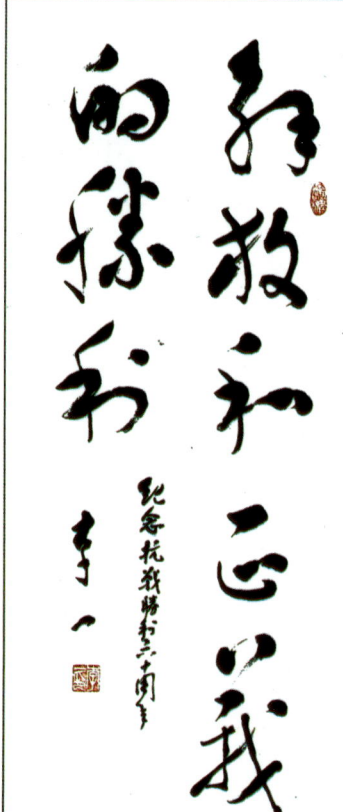

◆ 书法作品四
（解放和正义的胜利）

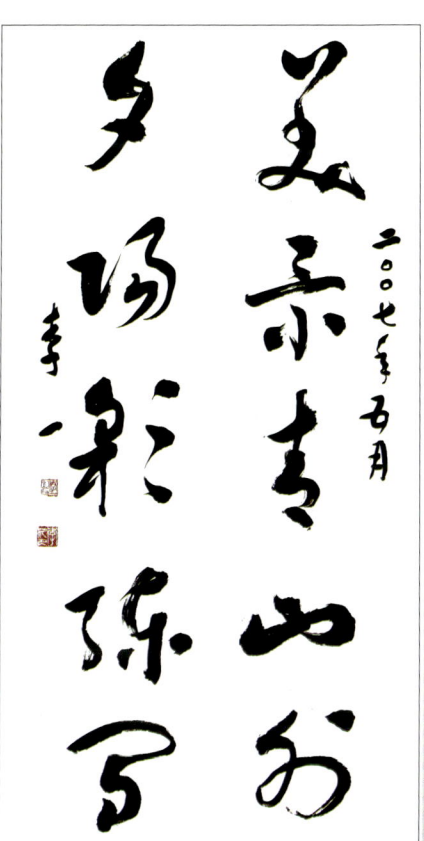

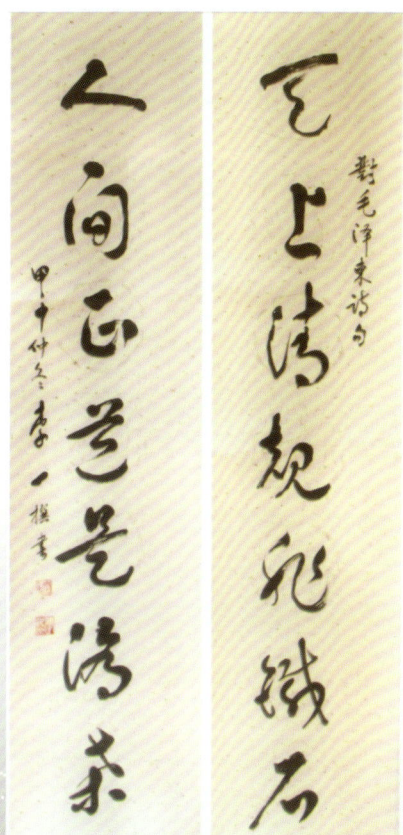

◆ 书法作品五
（美景青山外，夕阳彩练间）

◆ 书法作品六
（《晚霞》杂志以毛泽东诗句"人间正道是沧桑"征选上联。我应对"天上清规非铁石"，中选）

◆ 绘画作品
（任汝冰悬百丈，一笑暖千家，战友佘又新贺）

赠诗贺词

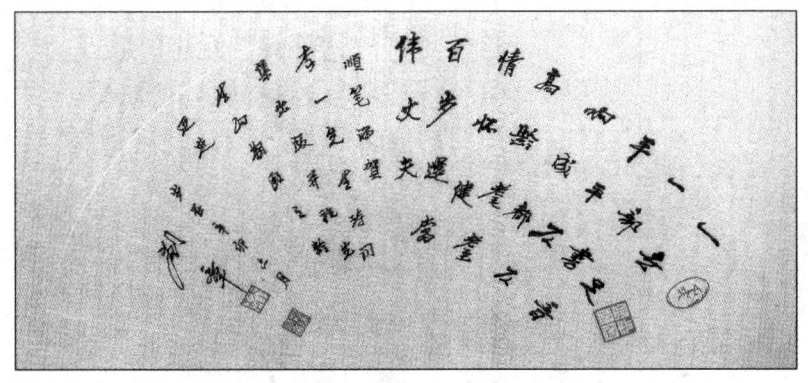

李一先生诗词集出版并祝先生向期颐之龄迈进。

顺笔溜贺

一世足音一部书,
平平仄仄响成都。
高龄耄耋情怀健,
百步还当伟丈夫。

岁在辛卯六月
刘 章

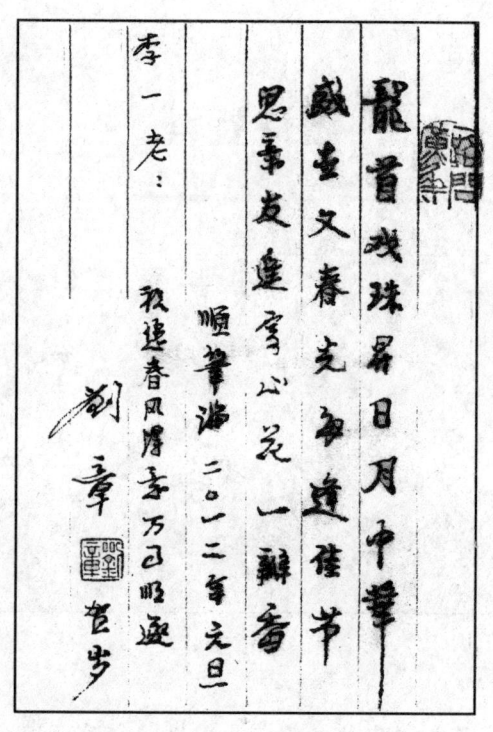

李一老：

祝您春风得意，万事顺遂。

　　　　　　　　　　　　　　　顺笔溜贺

龙首戏珠升日月，
中华盛世又春光。
每逢佳节思亲友，
遥寄心花一瓣香。

　　　　　　　　　　　　　　　刘章贺岁
　　　　　　　　　　　　　　　二〇一二年元旦

大学毕业生

流沙河

李一先生：

　　我眼睛生病，不便另行赋诗，谨就您喜读我前所写的《大学毕业生》一诗，作为对您诗集问世的祝贺。

流沙河
2012年4月28日

最后一堂考试交卷了，
她走着，好像飞一样，
踏过晚露晶莹的草地，
绕过幽香醉人的荷塘。

啊，整整四年了，
她走在这条路上，
有冬天的霜雪，
有夏天的太阳。

走啊，走啊，走啊，
登上一层又一层的书籍的山岗。

走啊，走啊，走啊，
调皮的少女变成了安静的姑娘。

如今她珍惜着每一步，
向四面八方留念地张望。
别了，红楼；别了，绿树！
别了，图书馆银亮的灯光！

今后她还要走许多路，
这条路终生不会遗忘。
夜晚，她将常常梦见
这些楼和树，这些灯光。

在往日温习功课的花园里，
她摘一朵浅红色的秋海棠，
夹入快分手的教科书中，
让回忆都凝结在花瓣上。

啊，又走到校门口了，
望望远方，大路漫长。
大路将引她到哪儿去？
还是秘密呢，难猜想。

明年的今日在哪里？
一座城市？一处边疆？
未来的爱情在哪里？
深山的帐篷里？公园的小路上？

第一天工作完了的微笑，
第一件用工资缝的衣裳，
第一封又惊又喜的情书，
都在等她啊，等她前往。

当这朵秋海棠颜色褪尽，
她将会更成熟，更漂亮，
那时候她一定能找到幸福，
无论是工作在什么地方。

按：流沙河，当代著名诗人，1931年出生，2019年11月23日患喉癌去世，原名余勋坦，四川金堂人，1949年入四川大学农业化学系，担任过《星星》诗刊编辑。后在中国作协四川分会专门从事创作。著有《告别火星》《流沙河诗集》等。

序 一

刘 章

我最近在一本诗集的自序里说过,自己写了五十多年诗歌,一生的积蓄赶不上一个初出茅庐的影视新星几十秒的广告收入。这是不争的事实。同时我又说,如果有人出黄金买断李白的《静夜思》,不再流传后世,中国人绝对不会干。诗已从中国文学史的主体地位退居到边缘地位,这是历史进步、文艺发展的必然。如果有人提出,只许诗存在,取消影视等文艺形式,诗人们也绝不会同意。但诗与人类的感情和语言共存久远。只要用一张纸片(甚至没有纸片也可以),就能最快捷、最生动、最有力地表达一些感情的,莫过于诗。读完李一老先生的诗集,这种看法又一次得到有力的印证。

李一先生1924年3月14日出生于陕西省渭南市临渭区,今年已经是九十五岁高龄了。我才八十岁,论年龄,先生是我的前辈。先生1948年毕业于西北商业学校银行科,失业,又考入益仁会计专科学校。是年他便参加了西北大学中共地下党组织的革命活动,三次被通知去延安,因前三批学生被胡宗南部队活埋,未能竟志。1949年6月考入西北军政大学财经学院,可谓名副其实的老革命。因当时全国解放的形势迅猛发展,先生1950年7月提前毕业,留校办报,所以先生又是新中国首批报人。后来学校脱离军队编制,更名为西南财政专科学校。1951

年先生又成为西南财政专科学校政治经济学研究生。院校调整之后，西南财政专科学校并入四川财经学院（今西南财经大学），先生受教于著名教授、留法博士梅远谋。后来他在学院党委书记的直接领导下，主编四川财经学院学报《教学改革》。1954年3月，先生调到四川化工学院政治课教研室，主讲"政治经济学""马列主义基础""工业企业管理"课程。风云变幻，云谲波诡。1958年6月，他因为"铁托的理论是可以考虑的"[①]一句话，竟被错划为资产阶级右派分子，降低工资三级，撤销政治课教师职务，遣送到图书馆被监督着工作，直到1979年1月这个错划才被改正。1979年11月，先生升为助理研究员，始发挥其所长。

  我之所以要不惜篇幅地介绍李一先生的前半生，是因为"欲知其诗，必先知其人也"。李一先生不是写《古代汉语》的王力先生，也不是写《围城》的钱锺书先生，他一生教授"政治经济学""国际经济技术贸易"等课程，直到八十岁以后才写诗。先生不像时下一些写诗的人那样，为出书而写诗，而是回首自己一生经历，感而叹之，写自己的所见所闻，歌而咏事。正因为先生不是为诗而诗，而是为了将心中情感一吐为快，才在为数不多的作品中粗线条地勾勒出他的人生经历，同时揭示了自己的内心世界。

    黄河怒吼长城啸，怎让倭寇犯我家。
    弃学从军催战马，沙场杀敌卫中华。
        ——《弃学从军》

  这是他对少年从军时的社会环境和人生志向的回首。慷慨悲歌。

    昔日青丝同室坐，今朝白发两猜难。

>　　错呼名字成新趣，互视苍容忆旧颜。
> 　　　　　　　　——《初中同学聚会》

这首贺知章《回乡偶书》式的诗，是他的真实体验，写出了初中同学团聚时的那种情趣，如一幅画儿，让人如见、如闻，传神、生动。

>　　八十学诗文，人生又一春。
>　　夕阳光尚灿，老者志犹存。
> 　　　　　　　　——《八十学诗》

这是先生八十学诗的纪实和言志。

李一先生八十学诗，观念不陈旧，路子甚正，合时。

我说先生"观念不陈旧"，是说先生学诗不像他人，背诵唐诗宋词，模仿引用书本词句凑诗，而是使用现代化、口语化的语词，如骑游诗："郫县半天到，黄龙当日还（来回100公里）。饱聆松柏韵，饥餐豆腐筵。"（《夕阳彩练问》）我说先生"路子甚正，合时"，是因为先生不受时下诗坛的那种氛围所影响，写旧体诗的人不读新诗，写新诗的人不读旧体诗，而他是顺应中国当代新诗与旧体诗词并存局面，因情用体，新诗与旧体诗都写，这非常有益于自由地表达感情。时下，旧体诗词创作十分活跃，可是许多写诗词的朋友不大关注诗的理论，尤其是写评论的人很少，这于创作不利。先生既写新诗旧诗，又写些诗词理论，融合创作与理论。

新诗无规矩，易写难工；旧体诗有限制，在限制中求自由，难写易工。李一先生八十始学诗，并不同于所谓"老干部体"，重思想、理性而忽略形象，不大注意诗的美感，先生的诗词不少诗句写得很美，如《邛海情》中的"日观生乐树，夜宿无愁村。霜月花含露，金阳柳带春"，还有《云雀》中的"云雀云天外，银河岂是边"，这些诗有意境、有韵味。

远望成都，似见李一先生老松苍劲，松涛阵阵；老柳枝繁，垂条依依。祝先生长寿期颐，硕果累累。

是为序。

注：

①他当时以铁托的"工人自治理论"为根据提出领导干部不脱产可以免除官僚主义，故而说铁托的理论是可以考虑的。

按：刘章，1939年1月22日出生，2020年2月20日去世，当代著名诗人，著名散文家，有作品35部。多篇诗文被选入大中小学教材，曾任《诗刊》编委、《中华诗词》编委等。2019年8月，刘章对新版《人生足音》做了全文审定。

序 二

赵振铎

　　摆在我面前的是李一同志写的《人生足音》诗词集。

　　李一同志出身于陕西省渭南市一个佃农家庭，初中一年级的时候曾经被保长拉过壮丁，母亲也因此事被气死，从此在他小小心灵上烙下了对旧社会反动派的刻骨仇恨。

　　1943年初中毕业就投笔从戎，参加了抗日战争，从事了一些扶伤招待工作。抗战胜利后又继续上学。1948年参加西北大学中共地下党组织的革命活动，三次北上延安皆因前几批学生被胡宗南部队活埋，未能去成。他的志愿未竟，1949年5月20日西安解放，即考入西北军政大学学习，在革命队伍中受到锻炼。1951—1953年他在西南财政专科学校（后经院校调整并入四川财经学院），攻读政治经济学研究生，得以深造。1954年后，先后在四川化工学院、成都工学院等校，执教"政治经济学""马列主义基础"等课程。1958年受到不公正待遇，被错划为右派，长达二十二年之久。1979年落实政策后，他调成都科技大学国际处，编著《国际经济技术贸易》一书，向校内外学生、干部讲授，并带领德国不莱梅大学留学生学习中国外贸。他多次获省市优秀科技论文一、二、三等奖，著作获省二等学术专著奖等。2010年李一同志首次参加全国中华诗词比赛，获得德艺双馨诗人奖誉、奖品等。今又著诗文集问世，一颗拳拳之心，难能可贵。

他在《清明雾烟——忆母亲》一诗后，写了散文《母亲临走的时候》，既是在缅怀母亲，又是在声讨反动派的罪行。"保长抓丁押我去，母亲咽气唤儿名。"读后催人泪下，令人百感交集。

1979年"改正"一纸，虽然落实了政策，摘掉了"右派分子"帽子，但是这二十二年夺去了他的宝贵青春，一些遗留问题仍未获得解决。但他坦荡无恨，依然热爱祖国、热爱党、热爱生活，拥护改革开放，写出了许多歌颂新社会、新生活的诗词。

为庆祝中华人民共和国60周年和70周年及纪念抗战胜利70周年分别创作了《我向国旗行军礼》《我的祖国我的家》《道不远人育子孙》等诗，均是具有真情实感之作。

特别是欣逢中国共产党成立90周年，他写了《白首放歌》（组诗），如：

春　光

南湖船上树红旗，
大地春风织绿衣。
泰顶桃花香万里，
黄河壶口吐虹霓。

颂扬了自党成立之后，星火燎原，一花一木、一山一水都在放香吐虹。

李一同志热爱祖国的大好河山，写了不少纪游诗，如《关中行》《九寨沟景观》《重游三峡》《念王勃》《剑门关》《翠云廊》《重游西湖》《三江水》等诗作，抒发情感，坦陈胸怀，有所寄托，都是具有个性的好作品。一组国外旅游的诗，更可以看出作者放眼世界的博大胸怀。

《从旧体诗到新体诗的发展》是他在一个诗词研讨会上的发

言,后来载于《毛泽东论诗歌发展道路研究》一书。这篇文章表述了李一同志对诗词创作的看法,也可以看作是他诗词创作的纲领。

李一同志坚持"百花齐放,百家争鸣"。他是个多面手,他的诗集中既有旧体诗,又有新体诗,既有词,又有散文诗,有的诗还配有散文,以加深读者对诗的理解。

诗如其人,李一同志对党、对国一片冰心,坚持真理,是非分明,皓首穷"道",赋诗抒怀,做出奉献,没有懈怠。足见李一同志的胸襟宏大,为人朴实诚直。

蒙李一同志不弃,嘱我作序,无理推托,愧不敢当,谨志数语。

按:赵振铎,四川大学文学与新闻学院著名教授,享受国务院政府特殊津贴。

写在诗前

八十学诗文，人生又一春。夕阳光尚灿，老骥志犹存。无欲一鸣传千古，仅托百灵衔音，听音清心。

这薄薄的春茧——人生足音，饱含了我不同时期的不同心声。

在学习写诗中，我荣获了一些奖誉，有多首诗曾被《中华诗词》《四川大学报》等刊发，有的诗词论文曾被《毛泽东论诗歌发展道路研究》等书选登，并受到四川大学校领导和读者的赞誉，这对我来说乃是鼓励，乃是支持。

为了庆祝新中国成立70周年，我的诗集《人生足音》新版问世了。它在原版的基础上，对部分诗作进行了修改，另外增加了二十多首新作并介绍了我的学诗体会。

在学诗的路途中，我仍是一个刚刚启蒙的学生，敬请诸家春泥助长。

诗词篇

感我日月 /3
 我的祖国，我的家 /3
 国庆寄语——致新中国成立70周年 /5
 清晨 /6
 追求 /8
 车夫乎？两到成都 /10
 北上延安 /12
 迎接——贺中共十八大的召开 /15
 白首放歌（组诗）——庆祝中国共产党成立90周年 /16
 千年皇历翻新页 /18
 我向国旗行军礼——庆祝新中国成立60周年 /19
 弃学从军——纪念抗战胜利60周年 /21
 碰杯 /21
 天地无情人有情 汉族妈妈哺藏婴 /23
 十月壶口瀑布 /23
 道不远人育子孙——纪念抗战胜利70周年 /24
 国耻不忘钟日响 /24

眼底沧桑 /25
 自裁梦 /25
 生日 /25

八十八岁生日作 / 27
　　九秩漫成 / 27
　　云雀（仿古）/ 28
　　沉浮 / 28
　　重睹年华 / 28
　　悼陈坤 / 29
　　浪淘沙·无题 / 29

岁月知晓 / 30
　　赶牛车 / 30
　　八十学诗文 / 30
　　初中同学聚会 / 31
　　2004年除夕之夜 / 31
　　寄秋思——致参加中华诗词比赛的诗友 / 32
　　赠宋锡仁 / 32
　　敢捅马蜂窝 / 33
　　乡愁一 / 33
　　乡愁二 / 34

咏物寄情 / 35
　　咏竹 / 35
　　咏梅 / 35
　　缄默守凡——泥沙 / 36

笔底山河 / 38
　　关中行 / 38
　　九寨沟景观 / 39
　　重游三峡 / 39
　　小平故里阳春游 / 40
　　念王勃 / 40
　　剑门关——忆三国 / 41
　　翠云廊 / 41
　　苏杭重见 / 42

目 录

　　重游西湖　/ 42
　　乐山大佛　/ 43
　　海南月亮湾　/ 43

邛海情　/ 44
　　邛海月亮湾　/ 44
　　邛海情　/ 44
　　我走在邛海的岸边　/ 45
　　附：邛海岸边　奉和李一教授诗　/ 46

浪花镜里　/ 47
　　登望江楼　/ 47
　　婚庆望江楼　/ 48
　　乌夜啼·是离愁　/ 48
　　临江仙·咏怀　/ 49
　　鞠躬问晚霞　/ 50
　　夕阳是一把火　/ 52
　　情不迟　/ 53
　　比翼双飞　/ 54

乐在骑中　/ 55
　　乐在骑中　/ 55
　　夕阳彩练间——老年队骑游记　/ 55
　　悼队友周上明　/ 56
　　"四姑娘"下轿　/ 56

仙境红尘·三江　/ 59
　　避暑三江　/ 59
　　三江水　/ 59
　　重游三江　/ 60
　　画卷三江不着色　/ 61
　　我的小杉松　/ 62
　　避暑峨眉山　/ 63
　　菩萨蛮·漂流　/ 63

旧扇新思 /64
三江，我又来了 /65
梦在三江 /67
大自然的哺育 /68
避冷椰林湾 /68
我行我素 /70
攀枝花作 /70
登鹳雀楼 /71
知音难遇 /71
西欧行 /72
登铁力士雪山 /72
观光梵蒂冈 /72
意大利斜塔 /73
我从天上看天下 /74
巨神，埃菲尔铁塔 /75

诗文篇

各显风流（仿古） /79
我国诗的发展道路 /80
我是这样学写诗的 /93
清明雾烟——忆母亲 /97
妈妈临走的时候 /98
每当我——致我的父亲（散文诗） /103
我是爸爸的希望 /105
如果青春可以复焕 /113
留恋和希望 /115
念许川 /121
我与许川之间 /123
手捧春风寄谢意 /125

诗词篇
SHI CI PIAN

感我日月

我的祖国,我的家

我的祖国,我的家,满院绿色,满院花。
它用美丽装扮了华夏。
朋友们来看望,战友们来拉话。
晚年的幸福,就像腊月拥抱着梅花;
晚年的欣慰,就像大地喜吻着早临的春芽。

我的祖国,我的家,满院绿色,满院花。
朦胧的黎明,
林中鸟儿在歌唱,
檐下雀儿在叽喳。
起床啦!起床啦!
看,
十月,
又是一年枫叶红。
何曾怕霜打!
因为霜打,
才胜过二月花。

我的祖国，我的家，满院绿色，满院花。
蜜蜂儿飞来飞往，
采走了粉蜜，
留下了嘱托：
我们是这新时代的主人，
不能饱了自己忘了娘。
要捧土奉献，
要筑中华大厦，
要筑中华大厦！

我的祖国，我的家，满院绿色，满院花。
唤醒了我的梦幻，
赋予了我的希望。
在这里我和大榕树扎根千里，
在这里我和小草们传承生芽。
信守那芙蓉对春风的信约，
联合那百鸟争鸣合唱一曲《爱我中华》。
啊！啊！

二〇一九年三月二十三日

国庆寄语
——致新中国成立 70 周年

少华苍苍万年再，
渭水泱泱照人来。
皇帝位尊皆远去，
洛阳牡丹为民开。

清　晨

清晨，祖国的清晨。
我漫步在南国的海岸，
望着东方。
一轮火红的太阳，
跳出了海面，
放出了光芒。
它，投向了我，投向了大地。
它，划破了黎明前的沉静，
带来了新的岁月，新的希望。

树上的椰子，硕果高挂，展现了大地的丰收。
眼前的海浪，一波一波卷来退去，展示着衣锦华夏。
海滩上的人群，拍照录影，争睹阳光的普惠，获享人的权赋。
天空中的飞鸟，三三两两，把自己的自由与获得献给人间。

面对着这有声有色的清晨画卷，
我激情满怀，思绪万千，
即便是海风吹乱了我稀疏的白发，
也吹不断我心上的情恋歌唱。

只要有着大海,就有着波涛。
那我的破浪之舟,就在这里扬帆启航。
只要有着太阳,万物就有着光合成长。
那我的彩笔生花,岂管它是寒冬还是酷夏。
只要有着向往,就有着未来。
那我的人生之路,就在脚下,就在脚下。

二〇一四年一月十八日海口

追 求

一念之争论短长,
迷迷,
茫茫。
其实答案就在水一方,
不在纸上。
看你何日扬帆启航。

避寒觅暖走四方,
迷迷,
茫茫。
其实阳光就在你的身旁,
就在你的心房。
看你站在哪个方向。

比赛场上争先后,
迷迷,
茫茫。
其实公裁公判有约定,
不能既是运动员又是裁判员。
金牌认的是强中强。

寻找白杨和土墙，
路远心近，并不迷茫。
其实就在那少华苍苍、渭水泱泱之间——我的故乡。
白杨和土墙曾经给我们带来过自由和欢乐，
我们曾在它们身边绕来绕去捉过迷藏。

车夫乎？ 两到成都

扬鞭千里，
尽览一路风月。
蜀道天险都在我的脚下，
鹅毛大雪有草帽顶着。
行，与骡马同步，
住，与骡马同店。

二月二，龙抬头，
应该说是万物苏醒，
春天到来的时候，
也是我初来成都的那一天，1946 年。
可，
一切尽在静悄悄，
一切尽在冬春交替中。
骡马照常拉车，
不问收获。
我呢？
依旧保持着谨慎赶车的心态，
且走且看，
且看且走。

顺乎潮流者道不孤,
顺乎民心者得天下。
河东,河西,
何需三十年一变,
摧枯拉朽只在瞬间。

同样的二月二,龙抬头,
不同样的我,
重到成都,1953年,
换了人间。
我,
马鞭易教鞭,
指点江山。
铅字里有心声,
书页上添诗篇。
我热爱生活,因为生活在某些方面是有情的,在某些方面是无情的。
看似偶然,实属必然。
所以,我更热爱真理。
追求不止,寓理守凡。

北上延安

北上延安,
它不是一句旅游口号,
它是革命的专有名词,
它是对革命的向往,
它是对真理的追求,
它是对理想的实践。

北上延安,
延安是不灭的革命灯塔,
延安是民族的旗帜,
延安是革命的根据地——
红军万里长征胜利的终点。

北上延安,
也不是信步闲庭,
是要不怕艰苦,不怕牺牲,
敢于在敌人的封锁线前兵戎相见。

1948年至1949年的春天,
我三次被通知"北上延安",
前三批去的同志都被胡宗南部队杀害,

那烈士们的悲壮呐喊，
那黑夜里的刀光剑影，
那火红的流弹，划破了天空，
织成一弯弯刺眼的弧线。

一声声，一幕幕，
听在耳里，
看在眼中，
让我们活着的人，
在当时，
情不自禁地握紧着铁拳，
相信地球在旋转，
总有一天！

北上延安，
今日重言，
不是笔者一时心血来潮，
乃是时代的呼唤。
有鉴过去，
方能跨越未来。

北上延安，
是看那窑洞的光亮，
看那山岗的净土，
看那已变良田的南泥湾，
是在领略那里的卷地北风，
是在体验延河的洗心、洗面，
是在见识小米养就的男儿强悍。

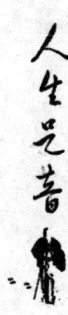

北上延安,
能有多少收获?
要看你抱了多少柴火,
就可燃烧起多高的火焰!

(刊于《四川大学报》2014年10月13日)

诗词篇

迎 接
——贺中共十八大的召开

一位老人，
一位耕耘不休的老人。
未带值钱的礼物，
未着锦贵的衣裳。
以自己的白发矢志，
以自己的皱纹立愿。
踩着朝露，
奔向远方。
不计险阻，
爬上那高高的山岗，
去迎接那新的红霞满天，
捧起光华朝阳。

二〇一二年十月一日

白首放歌（组诗）
——庆祝中国共产党成立90周年

春 光

南湖船上树红旗，
大地春风织绿衣。
泰顶桃花香万里，
黄河壶口吐虹霓。

二〇一一年五月十日

春天在哪里

春天在哪里？春天在河边
枯木逢春，着绿装

春天在哪里？春天在田间
金钱落地，菜花黄

春天在哪里？春天在家乡
一切不陌生，满眼春光荡漾

春天在哪里？春天在人们的心里
中华盛世，春种秋收，大路朝阳

二〇一一年三月十九日
（刊于《中华诗词》2017年3月）

千年皇历翻新页[1]

自古种田要纳税,
如今免税倒补贴[2],
千年皇历翻新页。

医保寿保进山村,
生产生病两解决,
千年皇历翻新页。

注:
①该词是借《浣溪沙》的词牌形式,但未遵守其韵,押皆韵中的仄韵。
②国家对农民免去农业税,并每亩地补贴20元。

二〇〇七年七月

诗词篇

我向国旗行军礼
——庆祝新中国成立 60 周年①

我向国旗行军礼，
那还是开国时的"十一"。②
中华人民共和国成立了，
中国人民从此站起来了，
从此结束了受屈辱的年代，
从此扬眉吐气做主人。
五星红旗映红了天空，
映红了黄河水，
映红了长江水，
烙印在我心里。
五星红旗漂洋过海，
插上了南极北极，
插上了世界屋脊，
插上了宇宙星际。
我有多少梦想在放飞，
我有多少希望在心底。

年年"十一"，
今又"十一"，
您满六十岁，

我已八十几。
如果说四九年是第一次解放，
推翻了三座大山；
那么现在就是第二次解放，
打倒了"四人帮"，
否定了两个"凡是"，
实践出真理。
一个新的时代来了！
一个新的春天来了！
中国在全方位崛起。
一切尽在改革开放中！
一切尽在科学发展中！

倾情锦江水，
我，
又一次向国旗行军礼！
即使是在我的心里。

注：

①在四川大学庆祝新中国成立60周年大会上，主持人校党委常务副书记罗中枢教授，认为该诗写得很有感情，当场征得了笔者的同意后，朗咏了该诗，博得了与会者的掌声。随即，校党委书记杨泉明教授告诉笔者，该诗将推荐到校报刊出。

②当时我是一名中国人民解放军军校学员。当毛泽东主席按下电钮，第一面五星红旗升起时，我们都行了军礼。

弃学从军
——纪念抗战胜利 60 周年

黄河怒吼长城啸,怎让倭寇犯我家。
弃学从军催战马,沙场杀敌卫中华。

碰 杯

碰杯
碰杯
祝词依旧
迎来新岁
最是那健康长寿四字里
一入耳,心便陶醉

碰杯
碰杯
碰杯一响
大地春回
最是那一瞬间的碰杯声里
像听见我当年凯旋马蹄声碎

碰杯
碰杯
乐在心底
色舞眉飞
最是那脸上泛起的片片红云
像朵朵梅花被春风频吹

碰杯
碰杯
高高举起
醉入骨髓
最是那改革开放不停步
祖国啊
像旭日初升万里光辉

二〇一一年十二月二十三日
（刊于《中华诗词》2016年第一期）

天地无情人有情　汉族妈妈哺藏婴

玉树强震日色昏，堆堆瓦砾成新坟。
多少双亲无别语，谁家手足不牵魂。
无情天地安究罪，有道人间降救军。
汉族妈妈哺藏婴，情同骨肉一片心。①

注：
①玉树一藏族婴儿不吃奶粉，一汉族妈妈不顾自己的婴儿，用乳汁去喂藏族婴儿。

二〇一〇年四月

十月壶口瀑布

龙腾狮吼舞东风，
万语千言一刻中。
银雾金珠洒满地，
长安斗酒古今同。

二〇〇三年十月游壶口

道不远人育子孙[①]

——纪念抗战胜利 70 周年

一寸河山一寸金，何容日寇劫厘分？
八年抗战八年梦，万里长城万里春。
谁败谁胜民最重，孰强孰弱国为根。
齐心凝力枪朝外，道不远人育子孙。

（刊于《中华诗词》2015 年 10 月）

国耻不忘钟日响

寇蹄践踏肆骄横，还我河山正义伸。
烧杀掠夺倭偿未？宽宏博大我施仁。
右倾势力猖狂甚，东媚强豪蠢动频。
国耻不忘钟日响，狼嚣狐跳剑随身。

眼底沧桑

自裁梦

生来秉性自裁梦,岂顺他人西与东。
大海波涛贵一博,任由胜败论英雄。

生　日

六十岁

卅三正是自强时①,不惑始征红叶诗②。
五十鬓白天命转③,喜临耳顺添新思④。

七十岁

谁谓七十古来稀,眼底沧桑与岁移。
踏破青山犹未老,年年生日动情思。

八十岁

春来檐下衔泥苦,风雨秋冬奈若何?
虽有牺牲宏志在,晚霞蘸笔谱新歌。

注:

① "吾十有五而志于学,三十而立……"(《论语·为政》)自强,犹立也。我在而立之年被错划为资产阶级右派分子,这影响了我的个人发展、待遇、婚姻等问题。

② 不惑,即四十岁。由于被错划为右派,四十岁才成家。

③ "五十而知天命。" 1979 年我被落实"改正"政策,恢复原工资待遇。

④ "耳顺",指六十岁。四川大学于 1979 年对首批四人(邱勤宝、王俊、夏朝良、李一)登报落实"改正"政策,我被调往外事处,与 ESEC 美中文化教育交流机构办国际贸易班,自己编著了《国际经济技术贸易》一书,同时向全校开课。

八十八岁生日作

农历二月初十,乃余八十八岁生日。一生仄多平少,所乐诗白,所得坦然……

锦衣无着着诗章,
一字千钧胜御裳。
仄仄平平平仄仄,
八旬依旧步还乡。

九秩漫成

渭河生我水长流,曲折向前九秩秋。
一念追求世纪外,无为有得笑藏舟。
沉浮路上存知己,漂泊天涯乡音收。
发白尤钟观日出,险峰雪域埋千愁。

云雀（仿古）

人生有乘除，岁月无止添。
云雀云天外，银河岂是边？

沉　浮

沉浮随日月，无须怨尘沙。
风吹青枝折，悠然立雪崖。

一九七一年

重睹年华

秋获春播求实在，栽松寄望树成材。
蹉跎半百叹逝水，重睹年华奋未来。

一九七九年

悼 陈 坤[①]

挥洒自如陈教员，宁堪风雨伴愁眠。
枫丹忍看秋来雁，每忆真言泪似泉。

注：
①1952—1955 年，陈坤与我同在"西南革大""四川化工学院"任教。他参加革命较早，享受红军待遇。1999 年 3 月 14 日，在与陈坤遗体告别时，我将此诗写在留言簿上。

浪淘沙·无题

窗外水潺潺，玉振人间。
川流大海起波澜。
纵使霸王刀断水，一瞬枉然。

把盏问青天，树静何年？
疾风骤雨总相连。
可惜今年花更好，一现无全。

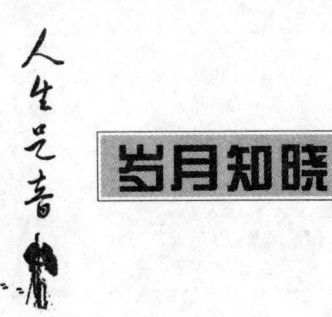

岁月知晓

赶牛车

赶车十五渭河浪①,牛步摧心一曲扬。
戴月披星南北往, 家中在等下锅粮。

注:
①家贫,我十四五岁即随叔父赶牛车谋生,常来往于渭河南北各县镇。

八十学诗文

八十学诗文,人生又一春。
夕阳光尚灿,老者志犹新。
墙上墨花舞,斋间韵律循。
情真夸进步,书包再上身。

初中同学聚会

峥嵘岁月"瑞中"过①，一笑重逢六十年。
昔日青丝同室坐，　　今朝白发两猜难。
错呼名字成新趣，　　互视苍容忆旧颜。
理解别来沧桑事，　　情真不灭乃诗篇。

注：
① "瑞中"指陕西省渭南瑞泉中学。

2004年除夕之夜

　　电视里祝福，电话中祝愿。难忘今宵，未到新年拜新年，惜别，惜别；过了除夕无今年。
　　羊年迎猴年，皱纹记岁迁。踏雪去寻梅，何须待明天。超前，超前，赢得空间，赢得春早还。

寄秋思
——致参加中华诗词比赛的诗友

人怀明月寄秋思,
几是京华相遇时。
吟苑花开桃李会,
放歌白首系情丝。

二〇一〇年中秋

赠宋锡仁

病缘一遇似安排,
康复阔论常往来。
休理人间风雨事,
多观世外月徘徊。

二〇一〇年十一月于华西医院

敢捅马蜂窝

老来尚做童年梦,
五岁敢捅马蜂窝①。
蜂刺遍身疼已去,
常留得意人前说。

注:
①五岁那年夏天,我一丝不挂,在大娃娃的怂恿下,击打蜂窝。

乡愁一

九曲渭河麦苗田,
路远心近几成眠。
望江楼上望灞柳①,
误将益州当长安②。

注:
①灞柳,指长安灞桥的柳树,借指我的故乡。
②益州,成都的古称。

乡愁二

渭水泱泱，
锦江涛涛，
同是生我育我的地方。
黄土一脉脉，
异地常住亦故乡。
身在成都思家乡，
回到故乡念锦江。
同是一血长，
心儿能不挂在爹娘的身旁？

咏物寄情

咏　竹

（一）

冲云劲节不争艳，枝瘦亭亭立岭前。
笑看秋风吹腐草，叶青敢绿岁寒天。

（二）

虚怀大度能容物，不与众芳计后先。
愿以翠躯临瀚海，春风同度玉门关。

咏　梅

挺拔寒风里，任人踩作泥。
花香淡不语，燕雀枝头啼。

缄默守凡
——泥沙[①]

我,不属于自己,
被滚滚的波浪遗弃了,
留在海底,
留在河滩。

我,不属于自己,
被狂风吹到了大地,
被踩在脚下,
被冷落在角角边边。

我,不属于自己,
与他类混杂,
被铺成大路小路,
被修成亭台花园。

我,不属于自己,
也胸无大志。
可我不攀玉,
也不羡金,
缄默守凡。

注：

①创造新陆地的，不是那滚滚的波浪，却是他底下细小的泥沙。——冰心

二〇一一年一月十八日

关 中 行

（一）

灞桥渭水秦时月，百里城垣变乐园。
更有雄奇兵马俑，如今犹听古原喧。

（二）

新丰一席鸿门宴，痴愚项羽留祸端。
是非成败谁定夺？沛公天助得长安。

（三）

银沙绿麦渭河边，灞柳白杨万里天。
高亢秦腔老少吼，怡然自乐在民间。

九寨沟景观

（一）

金秋枫叶十年梦，"镜海"照人山与花。
滩内珍珠滩外布，醉了你我醉了他。

（二）

树正影直日正午，蓝水蓝天醉情怀。
长海雪峰堪入画，青山不改我还来。

二〇〇〇年十月

重游三峡

金光潋滟迎风起，高峡平湖入画中。
双坝明珠照大地①，万轮越闸度长虹。
重来同是一江水，今昔判然两样容，
哪有"猿声啼不住"，只闻汽笛震长空。

注：
①双坝，即葛洲坝和三峡大坝。

二〇〇三年八月

小平故里阳春游

小平故里广安寻，一路金花一路春①。
满目新楼从地起，小康哪个不思君？

注：
①金花，指油菜花。

二〇〇五年三月二十一日

念 王 勃

一

滕王阁本滕王建，不念滕王念子安①。
腹竹春芽埋海底②，文章秋水共波澜。

注：
①子安系王勃的字。
②王勃死于海难。

二〇〇五年八月

二

顺昌逆亡古今同,长使忠良愤满胸。
万岁帝王怎万岁?子安一序树长青。

二〇〇九年五月重游滕王阁

剑门关
——忆三国

天然屏障剑门关,蜀国无人亦枉然。
纵使孔明能再世,难逃灭顶负江山。

二〇〇六年秋

翠云廊

翠云廊柏蔽天空,蜀魏英雄武地争。
兴汉志同何必战,枝苍石道静零零。

二〇〇六年秋

苏杭重见

西湖再见西施美，
园艺苏州旧貌存。
若问小康何处有，
富江两岸访新村。

二〇〇九年秋

重游西湖

西湖重见更新鲜，不管阴晴总好看。
山影湖光我外我，教人何必去成仙。

二〇〇九年五月一日

乐山大佛

仁山智水乐悠悠，大佛招我快哉游。
盘坐指间留一影，心存禅意度春秋。

二〇一二年四月十五日

海南月亮湾

海南文昌月亮湾，波涛白浪，壮观感人，遂以诗记之。

一湾海水半轮月，
相映春山入我怀。
曾恨青枝风里折，
而今抱得浪花开。

二〇一三年一月

邛海情

邛海月亮湾

是冬月,似春还,红花绿草酒家眠。
金光银色分明照,步道听涛月西弯。

二〇一〇年十二月十日

邛海情

碧装邛海女,邀我月城寻①。
一见钟情爱,两相连理心。
日观生乐树,夜宿无愁村。
霜月花含露,金阳柳带春。

注:
①月城,指西昌市。

二〇一〇年十二月二十六日

诗词篇

我走在邛海的岸边

一回又一回，
我走在邛海的岸边，
阳光照人亦照我，
总见那嫦娥月宫信步看人间；
总见那湖光碧水扶楼台，
总见那岸柳依依，月影斑斓；
总见那白鸥三五戏水竞飞去，
总见那扁舟交错，人往又人还；
总见那远处的环山松林，还有眼前的渔村炊烟。

这些都是谁的安排？
是上苍，还是天然？
这天池，这镜海，
清澈，温暖。
这照彻灵魂的净水呀，
我真想跳下去洗浴，
让身心一尘不染。

二〇一〇年十二月二十九日于西昌

附：邛海岸边　奉和李一教授诗

伊　鄂

邛海阳光媚，
入夜月流娴。
湖光映楼宇，
绿柳拂轻寒。
白鸥翩翩舞，
渔舟款款还。
心境平如海，
感悟亦超凡。

二〇一一年二月九日

浪花镜里

登望江楼

望江楼上望江水悠悠
看似平静，却在奔流
曾有过多少次潮起潮落
一波盖过一波
引来无数沙鸥
飞来飞去
戏水竞自由

望江楼上望白云悠悠
有如棉絮，飘入风柔
有如志士们的蓝色春梦
录下志士们的书写春秋
锦江岸上的柳色无尽无休

往事烟未逝
待看
阳光红透
烟波著锦绣

（刊于《中华诗词》2017年3月）

婚庆望江楼

同行携手望江楼①,薛女诗笺说古愁②。
依立栏杆观逝水,浪花镜里白了头。

注:

①望江楼原紧临四川大学,后改为一路之隔,师生常去散步。园内有薛涛井、崇丽阁(今望江楼)、吟诗楼等景点,为成都旅游胜地。

②薛涛是唐代著名的女诗人,身世坎坷,才华横溢。她创制的诗笺,被称为"薛涛笺",便于书写短诗。

乌夜啼·是离愁

夜来独上桥头,望江楼。
棒打鸳鸯同此月中秋。

东风恶,两分落,是离愁。
发白幽思无语在心头。

临江仙·咏怀

路改楼空人去，人车奔走云飞。
三秋残月有清晖。
夕阳照白发，凝望燕春归。

与汝恨迟相见，忘年知己情依。
送君路上说相思。
锦江流水在，月映俩沾衣。

鞠躬问晚霞

他，
不着粉色，
脸上常挂着朝霞，
映红了山川，
映红了我的心花。
我俩拥抱，
面颊紧贴着面颊，
凑近耳朵，
还说了几句悄悄话。
我愿邀他入梦乡。
度过这严寒的冬天，
迎来春夏。

他，
傻乎乎的，
对人没有心计，
遇事不留退路，
总是执意进发。
可，
这样，
容易触怒圣颜。
我愿为他分辨：

白绫未染，
美玉无瑕。

他，
发白腰不弯。
为了一念之争，
迎着风雨向前跨。
跨越了多少栏杆，
识别了多少你我他。
沉浮路上存知己，
我愿与他雁行为伍，
朝朝，暮暮，
任谁说啥。

他，
欢喜的，
也正是我喜欢的，
徒步走天下。
一路歌声，
一路笑。
那峡谷的回荡，
就是对我俩的温馨回答。
路漫漫兮，
肯定也会遇到迷茫、险滩、低洼……
我愿与他同伴，
走尽天涯。
谁是向导？
鞠躬问晚霞。

夕阳是一把火

我俩相识在蓝天下,
我俩相约在月影里。
这里没有冬天,
这里有着花开四季。
我只喜欢草莓,
它无花娇自持,
它在绿叶陪伴中吐红争奇。

我俩相识在蓝天下,
我俩相约在月影里。
我爱听她那沙沙歌声,
没有装饰音,
却有着弦外韵。
她爱读我的诗篇,
既低吟着欢乐,
又高歌着真理。

我俩相识在蓝天下,
我俩相约在月影里。
这里没有冬天,
却有着惜别的阳光暖地。

她，
默默不言，
顺手折了一束青柳，
捧到了我的胸前，
情到了我的心里。

夕阳是一把火。
它，
送走了寒冬，
也点燃了春风。
垂柳依依，
飘絮点点，
那是离人泪①。

注：
①借用苏轼《水龙吟》词句。

二〇一六年二月于攀枝花

情不迟

相见恨迟别亦迟。
琴心拨动语丝丝。
掠池燕子成双影，
风雨同行愿及时。

比翼双飞

叶黄秋来，
明月入怀。
檐前一只燕子没有南归，
却与大鹏齐飞，
费猜！费猜！

它俩没有豪言壮语，
共同的心愿是，
展开双翅，
奋力搏击，
做个普通的我，
度过寒冬，
冲过云天，
飞翔在春天里，
四海为家。

在浩瀚的天宇，
迎着朝阳，
沐浴心灵。
起舞弄清影，
鸣和着自由的歌。

二〇二〇年七月一日

乐在骑中

骑游天地似飞鹰，乐在骑中何惧贫。
万贯腰缠焉可比，此生难得驾流云。

夕阳彩练间
——老年队骑游记

通幽曲径往，采风上云端。
郫县半天到，黄龙当日还。
梨花丛里影，新桂赏中先。
周内人常见，三秋话不完。

挥汗川陕路，移步剑门关。
饱聆松柏韵，饥餐豆腐筵。
一觞一咏尽，多乐多康然。
美景青山外，夕阳彩练间。

悼队友周上明

阳春飞雨骑,不禁忆周君。
气度山河在,海容笑貌存。
骤然公离去,悲哉我何寻?
相聚农家乐,何时细论文?

二〇〇七年四月

"四姑娘"下轿

骑游大地,
进驻"耿达"山间。
难忘的日子,就是那天[①],
喜看"四姑娘"下轿归山[②]。

人流车流声声,
"七层楼沟"水潺潺。
绿山、碧水,
瀑布悬天。

无心观赏,
争睹"四姑娘"下轿第一眼。

铁轿落地[3],
警卫森严。
忙了记者,
忙了护送人员。
轿帘拉开,
"四姑娘"不肯赏脸。
巍然不动,
疑是厄运当前。
此时,此刻,
人群默然。
抬高轿尾,
"四姑娘"才露娇颜。

两边人群,
正面是山,
"四姑娘"左顾右盼:
是敌人,是亲人?
顾不得了,摇头摆尾,
悠然入林间。
"欢送熊猫归山!"
"欢送熊猫归山!"

人群下山了,
车辆下山了,
三三两两边走边谈。

三月前，她在四姑娘山伤残，
经医治，康复脱险。
雌性，芳龄四岁，
回归自然。
自由属"四姑娘"，
亦属人间。

"四姑娘"入林不远，
曾来沟边喝水，
曾来草地休闲。
和谐境界非童话，
人间何必自相残。

注：
①那天，指 2003 年 7 月 20 日。
②"四姑娘"是以四姑娘山命名的熊猫。
③铁轿，指铁笼。

仙境红尘·三江

避暑三江

连年六月寓三江①，　　明月松间引凤凰。
湖畔山庄留倩影，　　玉浆银水浸心房。
更欢"锅庄"碟也碟②，　不厌激流浪遏浪。
仙境红尘无介石，　　殊途未必两茫茫。

注：
①三江，指三江生态旅游区，位于四川省汶川县三江镇，因位于中河、西河、黑石江三条小河汇合处的三角洲而得名。
②"锅庄"，即锅庄舞，又称"果卓""歌庄"等，藏语意为圆圈歌舞，是藏族三大民间舞蹈之一。

二〇〇七年

三江水①

三江水，三江水，日夜奔流忙为谁？
潺潺壮言告天下，汇作波涛去无回。

注：

①该诗按词牌形式写成新的民族诗，押二、四韵脚，无平仄格律。

二〇〇七年七月于三江

重游三江

水乡藏寨是诗村，古道长亭有赋吟。
未见灾痕见新貌①，盘龙有幸伴观音②。

注：

①2008年5月12日，四川省汶川县三江镇受到地震重创。

②盘龙山是三江镇一个山脉，位于三江镇，有一个喇嘛寺，寺中修有观音庙，该庙位于盘龙山山头的背部。

二〇一一年七月
于汶川县三江镇盘龙山庄

画卷三江不着色

三江的山，三江的水，
水墨藏寨，天然画卷不着色。
三江的树，三江的林，
曲径通幽，悠然自得不分谁与谁。
三江的夜，三江的月，
宁静心明，淡了他欲无憔悴。
三江的花，三江的人，
白鸽子花开，珙桐花雨人间醉。

二〇一三年八月二十二日
于汶川县三江镇盘龙山庄

我的小杉松

重重的山，丛丛的树，都在我的窗前，都入我的眼帘。
靠近我的有一棵小杉松，也是我最喜爱的一棵小杉松。
摸可及，亲可吻，天天都相望，总想说些什么，可，什么都没有说。

小杉松，碗口那么粗，纤纤的细腰，已长过了楼高。似乎它并不满足，还要攀登。
雨打在它的枝叶上，它谦谦行礼；风吹到它的头梢时，它起兴舞蹈。
它学会了识别，它学会了适应。

小杉松，我，虽未见到它花开花落，但它却青青直立。
在清晨，它送来第一缕冷杉香；在午后，它遮挡了我屋夏日的西晒；在黄昏、在夜半，它竭力地将林中的清气送到我的屋里。
在这酷热的夏季，我盖着厚厚的棉被，入了梦乡，直到天亮。
雷不惊醒梦中人。梦见的不是别的，是我的，是我的小杉松。我们相望，总想说些什么，可，什么都没有说。

二〇一一年八月二十五日
于汶川县三江镇盘龙山庄

避暑峨眉山

青山对我舒长袖，我对青山伸暖手。
潺潺清流乐不绝，同歌一曲九月九。

二〇〇九年八月于峨眉山麻子坝

菩萨蛮·漂流

烟林六月三江水，中间多少漂流醉。
翻船不心愁，何嫌碰石头。①
时为伏三热，尽享秋风乐。
同在普天中，炎凉却不同。

注：
①漂流船是由橡皮材料制成，不怕碰撞。

二〇〇六年

旧扇新思

人生知己少,耄耋赋新秋。
一扇握在手,千官扇过头。
乘风问诸葛,破阵欲何求?
渭水东流去,刘禅忘蜀忧。

二〇一一年八月十四日
于汶川县三江镇盘龙山庄

三江，我又来了

三江，
我又来了。
重度一年的第二个春天。

山外的玉米早已尝新，
这里的才刚吐穗。
山外的百花早已争艳，
这里的才含花蕊。
……
……
它们都是充实的，
有抱负的。
它们因为了有春天而走来，
秋天因为有了它们不空归。

三江，
我又来了，
重温初衷。

这里有自然生成的如画风光，
这里有飞瀑直下的流霞哈达，

这里有浪送飞舟的激情漂流,
这里有诗赋歌咏的古道长亭。
……
……
三江,
灵山秀水装扮了你,
依偎在你的胸前,
不说再会。

三江,
我又来了,
想再醉一回。

走进你那雾绕山腰、曲径幽谷,
疑是到了远隔红尘的幻境。
走进你那珙桐花雨下、白鸽子花开前,
疑是到了春灿华茂的另一个世界。
……
……
这里的一山一水,一草一木,
都使我心旷神怡,
忘了烦恼,
忘了自己——不知我是谁。

三江,
我又来了,
想做一个醒着的梦。

敞开心扉：
审度云浮雨动，
察看时光跌落，
聆听天籁之音，
潜藏上善不争，
以升华我的失意，
以幽化我的天地。

难得糊涂百岁梦，
汇江楼上酒一杯①。

注：
①汇江楼，在三江镇。

二〇一六年七月于三江

梦在三江

中西河水胜三江，
水声震破龙宫窗。
雷鸣无奈自芬芳，
大计运筹入梦乡。
科学虽言无国界，
中华儿女思兴邦。

二〇一三年七月于三江

大自然的哺育

避冷椰林湾

避冷椰林湾,
梦在椰林湾,
这里,
有着恬静的清香的椰子林,
我被陶醉了,
半醒半眠。

在这里,
一出门便是白金沙滩。
我光着脚板,
走着,走着。
像走进椰乡宋氏姐妹的宫殿①,
踩着那丝绒地毯。

在这里,
大海茫茫一片,
一波一波白浪向我卷来,
涛声似乎在说:

别靠拢我，
这里是仙阙，
并非人间。

在这里，
在这里的太阳，
不受云遮雾漫，
挂在蓝天，
昼暖宜人，
腊月天，
我身上，
敞着春衫，
多么浪漫。

注：
①宋氏姐妹是指宋霭龄、宋庆龄、宋美龄，她们的祖籍就在海南文昌。

二〇一三年一月二十一日于海南

我行我素

我行我素梨花沟,
淑女银装君子求。
裸体玉兰花先叶①,
白云羞涩日当头。

注:
①玉兰是先开花后长叶。

二〇一四年三月二十五日春游
四川新津梨花沟

攀枝花作

候鸟冬临生态园,暖阳霜月不知寒。
百花齐放百花艳,万里无云万里天。
夏渌秋萍鱼得水,春华冬实草莓甜。
行人欲问冬何去,谁令羲和快着鞭①?

注:
①羲和,神话中太阳之神。

登鹳雀楼

一

一河分秦晋，
同是中华民。
之涣登高处，
名楼万古闻。

二

黄河九曲一张弓，
不警鹳雀自从容。
到此诗情似水远，
升华全在足音中。

知音难遇

风清夜静月独明，
弹抚窗前泛初情。
冬去春来百花放，
知音难遇一同鸣。

二〇一九年二月

西欧行

登铁力士雪山[①]

银风拂面玉天涯,雾绕山间女系纱。
奇景无穷千幕变,喜看六月雪中花。

注:
①瑞士铁力士雪山,海拔三千多米。

观光梵蒂冈

城院区区梵蒂冈[①],隔墙罗马无军防。
游人接踵来朝访, 各有心声各抑扬。

柱廊环抱福音堂[②],修建百年"主"力量。
艺境无空添美丽, 引人入圣弃刀枪。

注:
①梵蒂冈是世界上最小的国家,面积仅0.44平方公里,只有警察,无军防。

②福音堂即教堂,柱廊284根。梵蒂冈圣彼得大教堂是世界第一大教堂。

意大利斜塔

塔斜不倒有看头,引得洋人万里游①。
我欲扶正多此举,财神问罪众人仇。②

注:
①我们到国外,外国人称我们是洋人。
②意大利此斜塔引来游人创收,如果把塔扶正了,就没有稀奇和看头,也不能吸引人了。

我从天上看天下

我从天上看天下，
一朵朵白云，
一重重山。
一条条大河，
一梯梯田。
一栋栋楼台，
一缕缕烟。
一忽儿晴空万里，
一忽儿飞雨闪电。
……
试问这是谁家的天下，
谁主沧桑？
我欲出舱信步，
谁管天外天？

二〇〇六年六月一日
乘飞机去荷兰阿姆斯特丹途中

巨神，埃菲尔铁塔

埃菲尔铁塔，
像一座尖高的山峰，刺破了白云，刺破了天，
像一尊行走的巨神，百米一步，跨入人寰。
人们，
一群群，三两两，
从它的腹下走过，有去，有还。
汽车，
一顺顺，一行行，
从它的脚间驶过，有来，有返。
不见警察挥舞指挥棒，
不见护卫者呼唤。
一切宽畅，
一切自然。

要想看得远，必须站得高。
当我登上了埃菲尔铁塔，我梦才圆。
那塞纳河、凯旋门、拿破仑墓、巴黎圣母院高楼桅杆都在我脚下。
那白云蓝天、远山丛林、宫殿花园……都在我眼前。
闹市的喧杂声听不见了，
教堂的钟声听不见了，

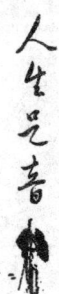

卢浮宫、凡尔赛宫依然雄伟、辉煌,却不见当年征战欧洲的路易十四了;

塞纳河水,依然流淌,却不见当年统率大军、威震欧洲的拿破仑了。

东方的游客,东方的老人,
作别这埃菲尔铁塔,
作别这美丽的巴黎,
我,
有意步行塔下,一台、一台留下了脚印,留下了眷恋。
我,
心中默忆着英雄的法兰西人民,是您:
鲜明提出过"人权宣言",
鲜明提出过自由平等,
鲜明提出过"主权在民"原则,
鲜明提出过"共和制"、巴黎公社,
鲜明提出过"科学共产主义"理想,
……
我要把它当作咏读的诗篇,
当作咏读的诗篇!
但我也存在着唯一的遗憾,
带不走你们为自由思想所营造的祥和摇篮。

诗文篇
SHI WEN PIAN

各显风流（仿古）

天下之大，并非王土。
地上之富，汗珠锄头。
晴姿雨态，诗情诗路。
鸟语花香，各显风流。

二〇一二年八月十四日

我国诗的发展道路

诗歌是文学的一个大类。诗歌在我国源远流长。我国堪称诗的国度,数千年来众多诗人留下了数不胜数的美诗佳作。诗的范畴很广,本文所要谈的是我国诗的发展道路,主要是从古体诗到新体诗的发展,至于乐府、词、散曲等就不论及。

一、从古体诗到新体诗的提出

诗歌起源于劳动,劳动人民是最早的歌手和诗人。大约在三千年前,我国就有诗歌产生。沈德潜认为,中国第一首诗是《击壤歌》[①]:"日出而作,日入而息。凿井而饮,耕田而食。帝力于我何有哉!"中国的第一部诗歌总集是《诗经》。相传它是为民间男女爱情而歌,为民间怨恨而歌,为饥者而歌,为劳事者而歌,经师工录而传之,汇集起来,便成《诗经》。也相传为孔子所编定,由民间歌谣到官方《诗经》,以至于今。其中的诗,大部采用四言,以反复咏叹为其主要形式,节奏古朴。例如:

关 雎

关关雎鸠,在河之洲。窈窕淑女,君子好逑。
参差荇菜,左右流之。窈窕淑女,寤寐求之。
求之不得,寤寐思服。悠哉悠哉,辗转反侧。

参差荇菜，左右采之。窈窕淑女，琴瑟友之。
参差荇菜，左右芼之。窈窕淑女，钟鼓乐之。

无衣（秦风）

岂曰无衣？与子同袍。王于兴师，修我戈矛。与子同仇！
岂曰无衣？与子同泽。王于兴师，修我矛戟。与子偕作！
岂曰无衣？与子同裳。王于兴师，修我甲兵。与子偕行！

这种古诗无平仄的约束，韵律感却极强。韵律感是通过反复咏叹而获得的，文中并无规定，实际上属自由体。也有押韵，排列整齐，具备诗的要素。

中国第二部诗歌总集是《楚辞》。《楚辞》是以屈原作品为主的楚地诗歌总集，这种文体后世称为"楚辞体"，又名"骚体"。

骚体诗基本采用六言（不算"兮"字，兮是用来舒缓语气的），不讲平仄。例如：

离骚（节选）

帝高阳之苗裔兮，朕皇考曰伯庸。摄提贞于孟陬兮，惟庚寅吾以降。

楚辞的句式，采用楚国方言，句子参差不齐，形式活泼自由，多用"兮"字，语句流利，灵活多变，有停顿、有延伸，委婉而多情致。

因为有乐器的进步，汉魏六朝启用古乐府诗，后来唐代又用新乐府诗。《乐府诗》，即先有诗歌辞，再由乐府配乐用以歌唱。其歌词大都采用五言不等的形式。五言比四言只多一字，但句式却丰富了许多。例如：

陌上桑

日出东南隅,照我秦氏楼。秦氏有好女,自名为罗敷。罗敷喜蚕桑,采桑城南隅。青丝为笼系,桂枝为笼钩。头上倭堕髻,耳中明月珠。缃绮为下裙,紫绮为上襦。……

上　邪

上邪!我欲与君相知,长命无绝衰。山无陵,江水为竭,冬雷震震,夏雨雪,天地合,乃敢与君绝。

五言诗在汉魏六朝已经相当成熟,所以后代诗人常用。

此后有人在实验平仄交替的句型,以增汉语抑扬顿挫的音乐节奏美。到了南朝,沈约、庾信等有意提倡"新诗体",即讲究使用对偶句。除了粘连以外,格律诗的要素基本具备了。如庾信的《拟咏怀·萧条亭障远》:"萧条亭障远,凄惨风尘多。关门临白狄,城影入黄河。秋风别苏武,寒水送荆轲。谁言气盖世,晨起帐中歌。"

格律诗在初唐才最后定型,粘对规律被普遍认同,律诗中间两联对仗也成为定式。这个格律一直沿袭到现代,都没有改变,这正是律诗至美至善生命力的体现。

唐人在完善五律五绝的同时,也完成了七律、七绝的定型。中国第一首完整的七言诗是曹丕的《燕歌行》,是写妇女思念远方的丈夫,柔情委婉细致,韵律和谐流畅。

燕歌行

秋风萧瑟天气凉,草木摇落露为霜。
群燕辞归鹄南翔,念君客游思断肠。
慊慊思归恋故乡,君何淹留寄他方?

贱妾茕茕守空房，忧来思君不敢忘，不觉泪下沾衣裳。

援琴鸣弦发清商，短歌微吟不能长。

明月皎皎照我床，星汉西流夜未央。牵牛织女遥相望，尔独何辜限河梁？

格律诗的发展与初唐诗人沈佺期、宋之问的努力分不开。请读下面沈佺期的《古意》一诗，即知当时他的七律已达到无懈可击的程度。

古　意

卢家少妇郁金堂，海燕双栖玳瑁梁。

九月寒砧催木叶，十年征戍忆辽阳。

白狼河北音书断，丹凤城南秋夜长。

谁为含愁独不见，更教明月照流黄。

从唐开始，为了区别不讲平仄粘对与对仗的古诗，即把格律诗称为"近体诗"。近体诗主要表现为整齐美、节奏美。

从古体诗发展到格律诗不是偶然的，而是必然的。经济的发展和思想的解放，必然导致文化的繁荣。

历史是这样，现在也是这样。当人们处于经济基础薄弱的原始社会，科技落后，乐器制作也不发达时，诗歌的发展是朴素的、自由的。当到了唐代贞观盛世，政治开明，经济繁荣，思想解放，诗歌的形式和内容更为丰富。可以说，唐诗是中国五言、七言古今体诗的发展顶峰。诸如应试、举荐等都以诗文来量度。

如盛唐时的李白，即是一颗光彩夺目的巨星，是诗人众聚中的"诗仙"。

在他的政治理想与黑暗现实发生尖锐矛盾时，胸中淤积了难以言状的痛苦愤懑，写下了一些好诗，如《行路难》其一：

  金樽清酒斗十千，玉盘珍馐直万钱。
停杯投箸不能食，拔剑四顾心茫然。
欲渡黄河冰塞川，将登太行雪满山。
闲来垂钓碧溪上，忽复乘舟梦日边。
行路难，行路难，多歧路，今安在？
长风破浪会有时，直挂云帆济沧海！

  杜甫被誉为"诗圣"。他的七言律诗功力极高，如《秋兴八首》其一：

  玉露凋伤枫树林，巫山巫峡气萧森。
江间波浪兼天涌，塞上风云接地阴。
丛菊两开他日泪，孤舟一系故园心。
寒衣处处催刀尺，白帝城高急暮砧。

  当我国推翻了封建制度，发起了五四运动，又对旧体诗产生了冲击，取消诗的一些限制，兴立白话诗、自由诗、散文诗等新体诗。进入20世纪80年代，国家实行改革开放，新旧体诗如并蒂莲花，斗艳竞芳，诗会、诗社如雨后春笋，普遍建立，诗歌也大量涌现，这对我国诗的发展道路提出了新的改革要求。

二、走以新诗为主体的道路

  我赞同我国当代诗应走以新诗为主体的道路，因为新诗能适应新时代的客观需要，便于反映现代生活和现代人的思想感情，更宜为广大人民群众所接受。当然，走以新诗为主体的发展道路，并不是否定继续和发展我国的旧体诗。

  新体诗，从形式上讲，只有押韵要求，比较自由、好学易作；从语言上讲，白话更适应现代人的表达习惯，能充分表达作者的思想感情，易懂易咏；从内容上讲，能体现丰富多样的色彩，其最大特点是清新自然、生动明快。如 2007 年央视春节晚会上，朗读的救灾新诗震撼人心；2008 年汶川地震期间，涌现出了一大批新诗，像《孩子，快抓住妈妈的手》影响极大。相比之下旧体诗逊色不少。

新诗就艺术的形式来说可分为：

1. 格律诗。它不讲平仄、对仗。句数不一定，句式大致整齐，分行排写，逢偶数句押韵。如贺敬之的"新古体诗"是采用了古体诗的形式，又未遵守近体诗的平仄声律，但它又是革新了的格律较宽的旧体诗。

富春江散歌

（四）

长啸畅笑消病颜，云月八千有此缘。
三江两湖梦之国，千岛万峰情之巅。

（五）

西湖波摇连梦寐，千里秀美复壮美。
山回水洄少壮回，鹭飞瀑飞壮思飞！

2. 自由诗。它在篇幅大小、句式、音节、分段、韵脚等诸方面，都不受约束，其表现形式非常自由。

自由诗例一：冰心的诗集《繁星》，收集了六十余首小诗，这里选的是其中的一〇，乃抒发她当时的心潮，向往着美好的未来。

嫩绿的芽儿，和青年说："发展你自己！"
淡白的花儿，和青年说："贡献你自己！"
深红的果儿，和青年说："牺牲你自己！"

自由诗例二：田间的《假使我们不去打仗》，诗虽短小通俗，却有强大的感染力，震撼着人们的心灵，激励着人们的爱国心。

　　假使我们不去打仗，
　　敌人用刺刀，
　　杀死了我们，
　　还要用手指着我们骨头说：
　　"看，
　　这是奴隶！"

自由诗例三：徐志摩的《再别康桥》，该诗形式完整，旋律和谐，诗句优美，其节奏犹如轻柔动听的音乐，扣人心弦，是新诗的代表作。

　　轻轻的我走了，
　　正如我轻轻的来；
　　我轻轻的招手，
　　作别西天的云彩。

　　那河畔的金柳，
　　是夕阳中的新娘；
　　波光里的艳影，
　　在我的心头荡漾。

　　软泥上的青荇，
　　油油的在水底招摇；
　　在康河的柔波里，
　　我甘心做一条水草！

　　那榆荫下的一潭，

不是清泉，是天上虹，
揉碎在浮藻间，
沉淀着彩虹似的梦。

寻梦？撑一支长篙，
向青草更青处漫溯；
满载一船星辉，
在星辉斑斓里放歌。

但我不能放歌，
悄悄是别离的笙箫；
夏虫也为我沉默，
沉默是今晚的康桥！

悄悄的我走了，
正如我悄悄的来；
我挥一挥衣袖，
不带走一片云彩。

3. 散文诗。散文诗具有散文的特点，比如篇幅不限，只分段不分行，句式不齐整，但要求使用精练（或近似）诗的语言，一般不要求押韵。它介于诗和散文之间，既不像诗那样有一定的规整性，也不像散文那样漫无边际。散文诗乃是一种有内在节奏的自然挥发的文体。它不受诗歌格律的限制，不受形式的约束，一切顺其自然，流利舒畅。

散文诗例：泰戈尔的《吉檀迦利》第三十五首是他针对现实，祈求上帝指引他进入自由的国度。

在那里，心是无畏的，头也抬得高昂；

在那里，知识是自由的；

在那里，世界还没有被狭小的家园的墙隔成片段；

在那里，话是从真理的深处说出；

在那里，不懈的努力向着"完美"伸臂；

在那里，理智的清泉没有沉没在积雪的荒漠之中；

在那里，心灵是受你的指引，走向那不断放宽的思想与行为——

进入那自由的天国，我的父啊，让我的国家觉醒起来吧。

三、继承和发展我国的旧体诗

我国的旧体诗主要是古典诗与近体诗。它是我们祖先的文学艺术创造结晶，是我们的民族魂。古典诗与近体诗有着极其优美的抑扬顿挫的音乐感。它的韵律节奏与修辞的魔力，常常萦回在我们脑海中久久不散。它经受了数千年的历史考验，留传至今经久不衰。它有着广泛的群众基础。我们必须继承和发展我国的旧体诗，特别是古典诗与近体诗。

第一，我说的继承我国的旧体诗，主要是指继承我国的古典诗和近体诗。古典诗或称古体诗，是相对于近体诗而言的。古体诗只讲音韵，没有其他格律的限制。古体诗有三言、四言、五言、七言诗和杂言诗、骚体诗、乐府诗、古体绝句等。近体诗又称格律诗，是对唐代形成的律诗和绝句的通称。近体诗主要有五言、七言、六言律诗，还包括五言、七言绝句。

那么要如何继承我国的旧体诗？一种是保留这种旧体诗的特点，即保留旧体诗的诗格、诗律、句式、章型、韵式。大学宜设古汉语专业、古典文学艺术（包括古典诗和近体诗）专业，继续学习和研究旧体诗歌。中小学语文课中适当选载一些古典诗歌和近体诗歌，让学生读、学。这样代代传承下去。另外，鼓励一些爱好旧体诗的人们成立诗社、研究会，学习和写作旧体诗。简而言之，百花齐放，旧体诗歌也算其中的一枝花，要让它继续绽放下去。同时，还要与时俱进，既保留旧体诗的特点，又要在立意、语言上等适应时代的发展要求，有所创新，否则难以得到人民群众的欢迎和接受。

　　继承旧体诗例一：毛泽东的七律《人民解放军占领南京》。这是一首思想性和艺术性都非常高的诗。它立意深远，气势磅礴，足凌千古。它不仅是一首气势宏伟的诗，而且是一首慷慨激昂的战歌，向人民解放军发出了占领南京之后继续前进的号令。

　　　　钟山风雨起苍黄，百万雄师过大江。
　　　　虎踞龙盘今胜昔，天翻地覆慨而慷。
　　　　宜将剩勇追穷寇，不可沽名学霸王。
　　　　天若有情天亦老，人间正道是沧桑。

　　第二，我说的发展我国的旧体诗，就是在原有旧体诗的基础上产生一种新的民族诗。它不同于旧体诗，也不同于新体诗。旧体诗虽有极高的艺术性，但规范过高过严，不易学，不易被广大群众接受。新体诗虽能充分表现人们的思想情感，但有它的随意性、自由性，如不押韵、不成型，就不会朗朗上口。新的民族诗要吸收两者的优点，弥补两者的不足。它是用古体诗（古风）、格律诗的句式、韵脚，以现代通俗易懂的语言写出来的诗，即保留旧体诗四言、五言、七言的句型体或长短句，或行数可多可少的型体，押一定的韵，摆脱平仄、粘对的限制。这样就可充分发挥作者的主观能动性，写出反映现实的好诗，表达广大民众的心声和诉求。它既有旧体诗的形式与神韵，又有浓郁的时代气息。诗可以如此发展，词也一样，取掉平仄要求，押一定的韵，也可保留词牌的形式，长短句就行了。

　　关于中国诗的出路问题，毛泽东提出："第一条是民歌，第二条是古典,这个基础上产生出新诗来,形式是民歌的,内容应当是现实主义与浪漫主义的对立统一。"所谓民歌,即人民之歌,是无数人智慧的结晶,一般是即兴创作,口头传唱而逐渐形成和发展起来的。就拿《诗经》来说,其中的精华是民歌。《楚辞》、汉乐府的优秀篇章也是民歌。民歌的特点是:爱憎分明,感情真切;一般采用直叙手法,也可用谐声双关、隐语和比喻;语言明快,生动活泼,通俗易懂,易于诵唱。至于古典,就是我国的古体诗。他说把民歌与古体诗结合,产生一种新诗,也就是新的民族诗。其实诗有诗的发展道路,诗和歌是有区别的。《说文解字》:"诗,志也,从言。""诗言志"意思是用诗的形式表达作者对事、物、环境的感触、认识,"从言"是供吟哦。我的体会是诗可押韵,也可不押韵。它与歌不同,未配音乐。配成音乐,即成歌。"歌,从咏。"即用哼唱出的言辞,表达思想感情。

我所说的新的民族诗,要保留旧体诗成型和有韵脚的特点;要上口,最好押韵,押上韵就有节奏,很悦耳。和民歌结合也包括在内。

新的民族诗例一:刘半农的《教我如何不想她》是把民歌与古体诗结合为一种新的民族诗的成功范例。它具有浓郁的民族风格。它继承了古体诗以情喻志、以物比兴的传统。"落花、鱼儿、残霞、冷风"等词汇,均来自古体诗词。一唱三叹的述说"教我如何不想她"的艺术手法,既来自民歌中的情歌,又有西方抒情诗的一些特点。

> 天上飘着些微云,
> 地上吹着些微风。
> 啊!
> 微风吹动了我的头发,
> 教我如何不想她?

月光恋爱着海洋,
海洋恋爱着月光。
啊!
这般蜜也似的银夜。
教我如何不想她?

水面落花慢慢流,
水底鱼儿慢慢游。
啊!
燕子你说些什么话?
教我如何不想她?

枯树在冷风里摇,
野火在暮色中烧。
啊!
西天还有些儿残霞,
教我如何不想她?

新的民族诗例二:流沙河的《哄小儿》是以民歌重叠手法,用长短句的古体诗形式,述写作者的纯真情感。此外,还有一种隐隐的痛苦,留给读者去体会。

爸爸变了棚中牛,今日又变家中马。笑跪床上四蹄爬,乖乖儿,快来骑马马!

爸爸驮你打游击,你说好耍不好耍?小小屋中有自由,门一关,就是家天下。

莫要跑到外面去,去到门外有人骂。只怪爸爸连累你,乖乖儿,快用鞭子打!

新的民族诗例三:是我写的《千年皇历翻新页》。

自古种田要纳税,
如今免税倒补贴,
千年皇历翻新页。

医保寿保进山村,
生产生病两解决,
千年皇历翻新页。

注：该词是借《浣溪沙》的词牌形式,但未遵守其韵,它是押皆韵中的仄韵。

新的民族诗例四：我写的《三江水》

三江水,三江水,
日夜奔流忙为谁？
潺潺壮言告天下,
汇作波涛去无回。

注：以上二首诗,我均按词牌形式写成新的民族诗,押二、四韵脚,无平仄格律。

综上所述,当代我国诗的发展道路,应以新体诗为主体,同时还要继承旧体诗,并进一步发展新的民族诗,让它们百花齐放；其他杂诗,同样允许存在。无论哪种诗,其根本出路都在于作者紧跟时代,追求进步,面向人民,深入生活。这样,才能感触深刻,才能写出具有创新性的好诗。

注：

①参见（清）沈德潜选：《古诗源》,北京：中华书局,1963年。

按：该论文曾被选刊在《毛泽东论诗歌发展道路研究》一书,中央文献出版社2009年版。

诗文篇

我是这样学写诗的

诗言志，诗缘情，诗属于文学艺术类，允许夸张、浪漫、含蓄、形象……不同于科技，对我来说有"隔行如隔山"的难度。

第一，在自学的基础上求教于师。刘章老师《山行》一诗写得好：

> 秋日寻诗去，山深石径斜。
> 独行无向导，一路问黄花。

我即在摸索中，"一路问黄花"，拿着作品去请高明者指教、修改。

第二，生活就是诗，从自己身边写起。

如：1949年10月1日，我参加了庆祝中华人民共和国的开国典礼，2009年9月在庆祝中华人民共和国成立60周年时，我即写了《我向国旗行军礼》：

> 倾情锦江水，
> 我
> 又一次向国旗敬军礼，
> 即使是在我的心里。

第三，选择适当的体裁。哪种载体更适合抒发我的感情，我就用哪种体裁。例如，我在三江镇避暑，常坐在三江岸边的石头上，静观逝水，默念"三江水，三江水"，采用词的体裁：

三 江 水

三江水,三江水,
日夜奔流忙为谁?
潺潺壮言告天下,
汇作波涛去无回。

第四,笔先立意,千思谋篇。写诗、写文章我都是在动笔之前就定下主题思想和写作目的,然后再反复思考诗或文的篇章结构和表现形式。如我写的《道不远人育子孙——纪念抗战胜利70周年》一诗,立意是:虽然抗日战争胜利已经70周年,但仍要以"民为重、国为根"的大道理教育人民,教育下一代时刻不能忘记祖国河山曾沦陷的耻辱,时刻不能忘记抗战历史,要以此激励全国人民,团结聚力,一致对外。该诗蕴含一种历史教育内容,我认为它的结构和表现方式,从开头到结尾,应用叙事、述理、比喻、正言、激励,没有必要用假托、他言、隐说。附诗如下:

道不远人育子孙
——纪念抗战胜利70周年

一寸河山一寸金,何容日寇劫厘分?
八年抗战八年梦,万里长城万里春。
谁败谁胜民最重,孰强孰弱国为根。
齐心凝力枪朝外,道不远人育子孙。

(刊于《中华诗词》2015年10月)

第五,警句为始,即写诗时,开始就要找到别人没有说过的新警句、新美句。诗中有了警句、美句,方可吸引人、感动人、启迪人，具有可吟性、可读性。杜甫说："为人性僻耽佳句，语不惊人死不休。"可见警句在诗中的重要性。如王之涣的五言绝句《登鹳雀楼》，警句就是"欲穷千里目，更上一层楼"，鼓励人要立大志，要树长远目标，不断追求进步。

第六，我写诗力求有新意、有思想、有感情，令人读后有所感、有收获。如《弃学从军》：

> 黄河怒吼长城啸，怎让倭寇犯我家。
> 弃学从军催战马，沙场杀敌卫中华。

又如《邛海情》很浪漫，很形象，表达了自己内心深处的感情。

> 碧装邛海女，邀我月城寻。
> 一见钟情爱，两相连理心。
> 日观生乐树，夜宿无愁村。
> 霜月花含露，金阳柳带春。

第七，力求雅俗并行，富有时代性。特别是写旧体诗，要言简意赅，注意用现代语言。如《云雀（仿古）》：

> 人生有乘除，岁月无止添。
> 云雀云天外，银河岂是边。

我写的诗，第一读者是我的妻子。我常询问她是否读懂了、有无诗味等。《婚庆望江楼》是写我俩的事，写了很多次都未写好，这次写成：

> 同行携手望江楼，薛女诗笺说古愁。
> 依立栏杆观逝水，浪花镜里白了头。

第八，反复推敲，反复修改。我年龄大了，常常早醒睡不着,便思考我的诗,特别是未定稿的诗。甚至有的诗和论文已在书刊上发表了,我都有所改动。我认为在不断否定、不断改进中,写诗的能力才能提高。杜甫主张"新诗改罢复重吟",我也是这样,常在反复吟诗中,改顺诗,改美诗。

  最后,感谢党的"改革开放"政策,为人们带来了广开言路、抒展情怀的美好环境,带来了文化大发展、大繁荣的春天。虽然我学诗、写诗十多年了,但与写得好、有特色的诗人相比,仍差距甚远,只能说是刚入了诗门,还要"迈步从头越",深入生活,紧跟时代,苦心求索,继续为诗词的发展创新奉献力量。

清明雾烟

——忆母亲

清明扫墓携家小,旧恨如山犹在胸。
保长抓丁押我去,母亲咽气喊儿名。
儿孙易唤能相聚,父母长思不复生。
昔日王朝沉大海,坟前松柏雾烟升。

妈妈临走的时候

是妈妈临走前的灵光召唤,还是我像小鸟儿头一次离窝,总想着飞回去见到妈妈?

我记得很清楚,那是1941年9月,我从瑞泉中学转到渭河北临潼县一个偏僻的乡镇的私立建国中学初中二年级。开学第一周的星期六,下午没有课,天下着雨,雨还不小,水顺着房檐在滴嗒滴嗒流着,我想回家,思想在矛盾着。

我记挂着妈妈的病情,肯定妈妈也在想着她的三儿。我决定了,就是下刀子,也挡不住我回家。雨依然下着,管它呢,裤腿一挽,鞋子装进书包里,光着脚,和一个初识的新同学,戴着草帽,只给同学宋仕杰打了个招呼,就在泥泞的小路上走着,走着,心里记着第二天就回校。

"隔山不算远,隔河不算近。"下雨,渭河水涨了,涨的也不是时候,为什么偏在我要回家的时候?妈妈重病在炕的时候,河水上涨,心情慌急……

一叶小舟,载着几个人过来了,时间大约是三点过。我担心若河水再涨,船不再撑过去,怎么办?

船一靠岸,等候的人和我拥了上去,准备上船。船夫吼了起来:"不能上,不能上,你们没有看到河水在涨吗?"

无可奈何,只有等,等待着天的"脸色"好转。

夹裹着泥沙的渭河水,从西向东,一浪翻过一浪地滚滚而来。雨仍然在淅淅沥沥地下着。"这是上边下了更大的雨,河水才大涨的……"船夫拿出烟袋,边打火边吸着烟说。看样子,他不着急,他在看天气的变化,看河水的变化。

一袋烟的时间过去了,两袋烟的时间过去了……船夫不着急,我着急。过不了河我咋办?要知道回学校有四十多里路。

西方发亮了,河水稍平静了些。"没啥大的问题,想过河,把钱准备好,我是挣几个汗水加雨水钱……"船夫开了腔。"叔!听你的口音是河南边的?"我顺便问了声。"是,朱王的。"我心中有了七成把握,他要是撑回去,我回家就有了希望。他又估量了水势和天气,伸了下腰说了声,"一个一个上,交了钱才能上。"我与他拉乡党,又拉关系,说:"朱明伦嫌雨大没回来,我是因我妈重病在炕才回来的。""你们都是同学,他是我村里的娃。""叔!我身上的钱不够……""算了,对你这个学生娃就不收钱了。"我跟着说:"我是五里铺的,我大(父亲)叫李升发,有空到我家里来。"

耽搁近一个多小时,到家已是要吃晚饭的时间了。大门像往常一样开着,家中一片寂静。当我步入上房时,大嫂大声说:"你终于回来了!咱妈已喊你三天了,是连喊你的名字,想见到你最后一面。"我什么都不顾,来不及放下身上的书包,就跨进妈妈常睡的屋子。爸爸、大哥全在房中。"州妈!州妈!荆州回来了,荆州回来了……"爸爸不停地喊。"妈!妈!荆州回来了!荆州回来了,你睁开眼看看……"大哥也不停地对着妈妈的耳朵说。妈妈已经一动不动了,眼睛闭着,不知道听到没有。这时,我上了炕,抱着妈妈,喊着:"妈!妈!我回来了!"我反反复复地喊,她仍然一动不动,脸已消瘦得饭碗那么大,肤色苍白,眼窝深陷,她才四十六岁,却苍老得像九十多岁的老婆婆了。

她还有呼吸,但是气息已经很微弱了,我能感觉到。我用手指掐着她的指甲,已泛不出血色。我希望能唤回母亲,仍然在继续喊着:"妈!妈!我,荆州回来了……"不知她听到还是未听到,一直未吭声。但她似乎领会了,悄然地松了口气,心脏停止了跳动。

妈妈就这样,未留下一句叮嘱,也许是无力再说话,满足了心中见到我的愿望,便与世长辞了。我回家不到三四十分钟,我们母子一生最后的会面就结束了。

天已黑了,点上了棉子油灯,屋中仅有片片微光。我哭了,大哥哭了,大嫂哭了……大哥和父亲出了房门,商量着如何料理丧事,我还抱着妈妈,悲痛地想着妈妈才四十六岁却走完了整个人生道路,太不公平了。我心中埋怨着父亲只忙着家中的事,未重视妈妈的病,为什么不到医院去诊断治疗。我只知道妈妈给牛叔叔说过,"看好了病,我给您织很多的布"。可牛叔叔只是个靠磨面粉为生的山东逃难的农民,能懂多少医术,许愿不是白许?可妈妈又有什么别的办法呢?后来我只听大嫂说,"妈妈临走前流了很多腹水",究竟是什么病都不知道。一句话,穷,看不起病,只能用身体去抵抗,能抵抗得住,拖得住,就算命大,否则只有死路一条。婶娘死的时候,只有三十多岁,妹妹死的时候,只有四五岁……

但妈妈的病,全家人,全村人都知道是从我被拉去做壮丁后加重的,两个多月后她就断了气。

那是七月,学校刚放暑假,一天中午,我一个人去白家村,准备看望小学同学郑恒信,想了解下他们在临潼建国中学的情况。刚走过铁路约一百米,我未提防,有两个不认识的小伙子,一人一边架着我,不由分说,向车雷村方向走。

"你们这是干什么?"我边反抗边说。我是一个十四五岁的娃,怎能对付他们两个成年的小伙子,只好任凭他们施为。"到了你就知道了。"就这样我被拖架到襟犹乡乡公所,才晓得我是被拉来做壮丁的。"你先到后院去等着,不要跑了!"我记得我曾想，我是一个刚上初中的学生，年龄很小，未达到征兵规定，把我拉来干什么？我在一块宽板上躺起，想着想着睡着了，醒来时已是下午三点多钟。

"起来！起来！上车了！"在他们强推下我出了乡公所大门，一辆军卡车在等我。耳边听到妈妈喊我的名字："荆州！荆州不能上，不能上！"好像是妈妈刚赶到，很急促、很气愤地喊我的名字。这件事对妈妈而言是生平最大的打击，怎能接受得了！她把我被推上军车这件事当成我被押上刑场一样看待。

我被推上了军车，车开动了，远远看到妈妈仍在喊着什么，我就听不清楚了，她在望着，一直到我母子看不到了，不知她在那里望了多久。她的心情，她的焦虑，她怎样艰难地走回去，我不知道。乡公所离我家不过三里路，她的一双小脚和病弱的身体，加上气愤、忧虑的心情，是怎样挪回家的？我只能从大嫂后来的诉述中知道，妈妈在回家的路上走不动了，倒在车雷村财东家的坟地边，有人捎话，是大哥用地老鼠车把妈妈推回家的。

乡保长图财非法拉了我的壮丁，经过一番周折，虽然我被放了回来，但妈妈却因此受到打击，缠绵病榻，不久就与世长辞。这笔账，这个仇一直记在我的心里。

妈妈生前，家里人都不知道她的名字，更不知道她多大，哪年哪月哪日生的。平时，爸爸喊妈妈"州妈"，即大哥肃州的妈，不好意思喊她的本名。祖母喊妈妈"高呀娃"。这是因为妈妈姓高，这是我家乡多少年来形成的旧风俗，可以看出妇女在当时的社会地位。妈妈走了，要料理丧事就须知道妈妈的生辰八字。他们不知道，爸爸便问到我，因为妈妈最爱我，有些话，仅跟我说了。

妈妈叫高云乡，我是妈妈二十八岁时生的……妈妈缠了一双小脚，不识字，生了我们兄弟四个，加上妹妹共五人。她一生全是围着锅边转和去地里干活，连渭南县都没出过，更谈不上去西安、苏杭游玩了。顶多东到城隍庙烧香，西到黄家屯拜神，方圆十里路。她对我说："年轻时，穿了件阴丹士林洋布衫子，婆婆还说我太奢侈。"父亲和我们的衣服、铺盖……都是她纺线织布制成的。她常常纺线做活到深夜，甚至连我们剃头都由她做。

　　妈妈就是在这样一个小小的天地里，用一双缠过的小脚，走完了她短短的四十六个春秋。临走的前几天，未留一句话，只是喊着我的名字"荆州！荆州"，饮恨而去，像是要在我心里立下一块无字碑，还是寄希望于她的爱子荆州身上呢？她走了……

二〇一〇年七月

每当我

——致我的父亲（散文诗）

  每当我看书写字时，总是想起父亲——您，给了我读书的机会。
  穷，不是遗传的，可穷使我们祖辈三代不识字。
  您说："再困难，也要从我的老三（即我）起开始洗掉泥腿子，开始换掉黑眼窝。"
  我和弟弟是村里第一代大学生，大学教师，成了您的希望，成了您的骄傲。
  从此开启了"穷屋书页舞"。

  每当我回家一次，看到了父亲——您，每一次都使我受到教育。
  您给我的每一分钱，都是您一滴汗、一滴汗浇灌在禾苗上长出来的，都是您一车轮、一车轮赶车辗出来的，这能不激励着我奋发学习？
  您不知疲倦地干着粗活，却从未说过粗话，从未说过脏话，从未打骂过我们。
  行动胜过讲道理。

  每当我遇到难题时，我就想起父亲——您，不识字，但是肯钻研。
  您能用心算账，用步量地。
  犁、耧、撒、种……更不是您的难题。

您是我从落地起的第一个启蒙老师，教会了我说话、为人、赶车、犁地……

您是我们的行为模范，即使离开几十年，却从不曾离开我的心里。

每当我遇到大是大非的问题时，我总是想起父亲——您，不识字，尚明理。

八年抗战，您当选了八年村长，外要应付乡保长、国民党军队，内要替大家办事，爱护村民。

您吃了多少恶水，咽了多少恶气，挨了多少耳光，忍了多少拳打脚踢……

我看在眼里，记在心头。

在国共内战时，您辞掉了村长职务。

道理您明白，可谁能理解您？

每当我感到庸庸碌碌、无所作为时，我就想起了父亲——您，劳动致富的高贵品质。

土改时，家庭被评为贫农成分，您却表示反对。

"老蒋使我们贫了一辈子，解放啦，还叫我们贫农，我不同意！"

"你要什么成分？"

"我要富、富农！"①

大家笑了，您也不知其所以然地憨笑着。

崇高的心灵，总是朴素的。

注：
① 此句指致富的意思，表明对未来的生活充满期待。

二○一○年二月

（刊于《散文诗世界》2010 年）

我是爸爸的希望

我弟兄四个，还有个妹妹。我排行老三，乳名荆州，生于1924年3月14日，祖籍陕西省渭南市。

从我记事那天起，我就知道爷爷、婆婆、爸爸、妈妈、叔父、婶娘、大哥、大嫂、二哥、二嫂都不识字，也就是说上三代都不识字。照我爸爸的话说："都是黑眼窝，它认得我，我不认得它。算账不会算，有理说不清。"我二哥胸前经常插着一支钢笔，生人见了，还以为二哥有多么高深的学问，知道他底细的人，笑着问他："你现在也成了先生了？"他不好意思地回答："这是请别人帮我写字准备的。"不是他们不想读书识字，而是没钱，没时间读书。他们肩膀上还担负着全家十多口人的吃饭重任。

该结束黑眼窝的时候了

有一天，爸爸当着全家人的面说："是该结束黑眼窝的时候了，从我的老三荆州开始读书，洗掉泥腿子。"

我幸运，如果不是爸爸这样英明的决定，我也逃不出与他们同样的命运。家里人常说："荆州有福！"

后来，爸爸从我的言谈举止判断，又因我长得胖胖的，略显富态，所以在我的身上寄予了厚望，他说："我荆州是个官胚子。"

事情是这样的：大哥、二哥当学徒，常外出打工不在家，弟弟比我小十岁，还很小。父亲连任村长，抗战期间，我常在他的眼前身后，成了他的私人秘书和跑腿的。他嘱咐我办事，怕我慌张，便问："听懂了没有？"我回答："听懂了。"方法是"你说一遍"，回答到他满意为止。待我抬脚，没有走三五步，他又喊了："回来！回来！你再说一遍。"我早摸到他的规律了，在他吩咐我时，我注意听，再说一遍，我也不怕。他点了点头，笑了笑说："好！好！去！去！"

劳动伴随着我的读书

我是从八岁开始上学，时读，时停。我年龄虽小，但也要当一个劳动力用，不能吃闲饭，这就是我的童年。我启蒙的课文是："大狗，小狗，大狗叫，小狗也叫。大狗跳，小狗也跳。"没有读多长时间，家里人说："看荆州把书读成牛肉了！"书被读黑了、卷了、烂了，书不读那是白的、干净的。我觉得在学校读书比在家里轻松好耍。在家里要干活，所以我喜欢读书，认识那几个字，很容易。我有时给他们背一段书或背一首诗，家里人都到处夸奖我。我那时读书一开始就加上了写毛笔字，写得好看的字老师会在旁边画上一个圈，爸爸常拿给有文化的人看。

我没有读多长时间，爸爸急于验收我的学习成果，快收麦了，买了些新口袋，上面要写上他的大名"李升发"三个字。我不知道发财的"发"字怎么写，写成"法"字，音接近。反正他们不识字，这样骗他，他还不止一次地夸我写得好。

从此随着时间的增加，知识的积累，遇事过年，爸爸、叔父就喊我记录、算账、写信、读信、写对联等。年年土地神前写："土能生万物，遍地是黄金"。灶神两旁写："上天言好事，回宫降吉祥。"其实我是照抄的,又在红纸上写成黑字,他们和村中人都夸我说:"荆州把书念成了。"叔父叫我给他牛车上写副对联,我便被难住了。他不知从哪里听来的,指定我写"上山如猛虎,下海似蛟龙"。

我从初小毕业,要升到大街上的乐育完小五年级,我爸爸对人说:"我荆州上大学了。"

我小学与初中都是在家门口上的,在家里吃饭,还常给家里干活,有时耽搁上学一天到两三天不等。譬如种麦子,爸爸摇耧下种子,我牵牲口。有时喊我犁地、打磨地。至于割草、摘棉花、拾牛粪,那是常干的事,随喊随干。直到新中国成立后,我手上的茧还很厚的。最使我不能忘怀的是看车——是给商人拉的货,怕小偷偷去,安排我看车,常常是看到晚上十一二点。有时随叔父或大哥到附近县镇送货,直至让我独自赶一架牛车,与叔父同行。有一次让我一个人从六十里路远的地方把牛牵回来,那时我才十三岁。老师与同学问到我父亲:"荆州怎么没来上学?"他撒谎道:"我荆州到省上去了。"到省上即到西安去了。

我走上知识人生的决定性一步

1943年7月我初中毕业了,因为附近没有高中、高职可读,远的地方有,可无钱去读,又处于抗日烽火时期,1944年1月我便毅然放弃上学的念头,弃学从军。

1945年8月15日抗战胜利了,我和大哥都从军队回家了。出于就业的考虑,我考入新成立的陕西省渭南高级纺织学校,每月有粮食补给。1946年7月,我又考入西北商业学校银行科。爸爸到西安送钱来,我下了课,看到他睡在我宿舍的床上,鞋子也未脱,鞋底漏出两个鸡蛋大的破洞,肉已露出来,我眼中不由得泛出滴滴泪水，便默默发誓要读好书，报答父兄辛苦供我上学之恩。每学期我的成绩都在前三名，大部分是第二名，免去一袋洋麦面的学费。即便这样，在第二学期，家里仍要我中途辍学，供不起了。他们认为识字够用了，读那么多书，工作难找，最后还不是"打牛后半截了——耕地"。但我坚持要继续读下去。父亲考虑再三，支持了我。他说，"碌碡打到半坡了，只能上，不能下。"

1948年6月银行科毕业了，老师介绍我到西安市第三十五信用社工作，不料发生挤兑，该社摇摇欲坠。由于工作不好找，政局又不稳定，我决定边上学边找工作。高等学校招考最后一个机会，我考取了西安益仁会计专科学校插班生。这时的吃饭等费用，基本上是同学及朋友们帮助。

我的毅然决定

国民党大势已去，失败已成定局，人人都在考虑着走哪条路。我征求父亲的意见。他在大是大非面前是不糊涂的，国共内战时，他坚决不当村长了。他不说大道理，但就是这样行动的。他对我的答复是："读好书，咱什么都不参加。"当时的我已二十多岁，在1948年下半年毅然参加了西北大学中共地下党组织活动。当时两党斗争很激烈，特别是在西安解放前夕，一个是护校护厂，一个是搞破坏准备逃跑。我们都是单线联系，我虽不是党员，但命运把我们拴在一起了，一时通知在甘肃省会馆，一时通知在西北农学院，忽然又通知北上延安。我还天真地把会计专业书捆在一起，准备背着去。通知说先是要潜伏在农民家里，等待我们的交通员通知，才通过封锁线。可是噩耗传来，第一批学生被胡宗南部队活埋了。第二、第三批去的学生又遭到同样的噩运。等着，等着，1949年5月20日西安解放了。大部分同学直接参加解放军，我和个别同学考入西北军政大学。1950年春，西北军政大学财经学院与西北大学比赛篮球，我是代表队员之一，抽空找到西北大学同学张仲斌，得知我们原地下党王组长是西北大学军代表校一把手。

长时间，我和家庭没有联系，1950年三四月学院做思想总结，审查我，组织上派人到我家了解情况，我得知家庭是贫农成分。家里人知道我们学院的地址是长安县杜工祠后，先是大哥来看我，后来是父亲来看我。未料到，这一次与父亲的送别竟成为我们父子的最后诀别。

父亲活到62岁，1953年1月20日得脑溢血去世。他经历了三个历史时期，即清朝、中华民国、中华人民共和国。他是穿着那破烂的农民装离开人世的。据说，他与杨天保一起给车装砖，跟他说话，他不答应，才知他生了病。但他心中清楚，继续搬砖。他欠别人的账，给我大哥在地上划着，示意要还。父亲不识字，只能这样。去世前他曾多次去老城瑞泉中学看正在上高中的小儿子李陕州。见了面，说不出话，笑着，坐了坐，又步行五里回家。似乎，父亲知道他不久人世了，想多看几眼心爱的小儿子，以慰心灵。当时是1953年，我正在重庆读研究生，也不能离开。

弟弟读书也非常好，每期考试成绩都是年级前三名，后来考取中国石油大学炼油专业。当时大哥是村小队长，二哥在广元造纸厂当工人。父亲感到有我们这些争气的后代，也引为骄傲，心安而去。如果他老人家晚走，我一定尽到孝道。

新中国成立前，爸爸经常以有四个儿子为光荣，为骄傲，可是他除了负担全家人的吃饭重任与供我和弟弟上学外，在抗战时期还为儿子多而要被抓壮丁的问题发愁。大哥当了兵，保长谋财还拉不够壮丁年龄、正在读初中一年级的我去做"壮丁"，以致气死了我的母亲。

新中国成立前,父亲认为教书没有出息①,希望我走别的道路。新中国成立后,我读政治经济学研究生,一直是在教书当老师,如果父亲在世,不知会怎样理解?我辜负了他希望我当官的愿望。

我没有什么抱负,只要求有个追求真理、追求知识、做出奉献的自由、安静、和谐环境,就满足了。

追求不止　寓理守凡

我辜负了父亲的希望,不是一个官胚子,正如我在《缄默守凡——泥沙》中写的那样:"我,不属于自己,被滚滚的波浪遗弃了,留在海底,留在河滩。"

1950年7月我大学提前毕业于西北军政大学财经学院,并留校办报,主编《财校通讯》。1951年下半年我被推选为政治经济学研究生,由著名教授梅远谋指导,边学习边辅导学生。1953年9月研究生毕业于四川财经学院(即现在的西南财经大学),留校主编《教学改革》杂志(校刊)。1954年3月被省委宣传部调到四川化工学院(地点在泸州)任教,讲授"政治经济学"和"马列主义基础"等课程。

大梦醒来迟。我因"领导干部不脱产可以免除官僚主义,铁托这一理论是可以考虑的"②一句话于1958年被错划为资产阶级右派分子,撤销政治课教师职务,降低工资三级,遣至校图书馆被监督工作。"一句话右派!"从此我出名了!

1979年成都科技大学召开盛大会议,首先落实我和其他三人(邱勤宝、王俊、夏朝良)明显错划右派政策。

沉默了二十二年后,校图书馆领导通报我被升为外文期刊组组长,相当于科长级干部。云南工学院要我去担任管理系主任一职。但我对这些委任一概谢绝了。我从属于我自己,不再属于别人。我决定重上讲台,做一个两袖清风的教师;重握秃笔,做一个质朴正直的作家。

改革开放的阳光融化了我的忧伤,我必须与时代共沉浮,与风雨同眠醒,我原来研究的领域也受到影响,我的视野也必须放宽。别人六十已退休,而我花甲才起飞。我从宏观经济研究扩大到微观企业管理研究。

1979年11月9日在《四川日报》发表了我写的《从簇桥公社看社队企业的方向》(社队企业即乡镇企业)论文,时值社队企业的低谷时期,看到有人为他们撑腰鼓气,备受鼓舞,来信感谢。

1981年成都经委行文任命我为《工厂管理》杂志副主编,聘为学术顾问。

我在经济体制改革的调研中,探索出了一些新的理论与实际问题,陆续在全国报刊发表了二三十篇论文。其中浮动工资、效益工资、厂长负责制、进口产品国产化等论文获成都市优秀论文一、二、三等奖荣誉。编著出版了《工厂怎样按定员定额组织生产》《工厂物资管理》《工业企业怎样改革》等书籍,发行量很高,最少都在两万册以上。另外,我还被邀请参与了其他书籍及手册的章节编写。

第二次世界大战后,出现了第三次科技革命,大大推动了国际贸易的发展与改革,因此我国的对外贸易如何发展也成为研究的新课题。1984年我在为四川省工商联参办外贸培训班,学校得知后要求我回校外事处与美中教育交流机构(ESEC)联办外贸班。我教学谨严,教学方向明确,教学效果突出,1986年得到四川省政府行文通报表扬。

同时,我已向校内学生主讲"国际经济技术贸易"课程,起初这门课为选修课,后来发展为第二专业,并在毕业后颁发国际贸易专业证书。由用内部讲义讲授到正式出版我编著的

《国际经济技术贸易》一书,为学术界首创,影响颇巨。1992年该书被四川省对外经济贸易学会评定为社会科学研究优秀成果,获学术专著二等奖。

1992年德国不莱梅大学慕名而来,与我校签订协议五年,连续派留学生学习中国对外贸易,指定我为留学生的学习与实习指导教授。

人生即燃烧。我1988年就办了离休手续,但实际上是既未离也未休,六十四岁仍学而不已,笔耕不辍,志在千里。八十岁后又从科学范畴的研究中跳了出来,步入社会、大自然,体会生活、寻找自我、创作诗词。这样可以歇心、修心、养性、养身,笑度春秋。其间诗词多首发表于《中华诗词》《四川大学报》等刊;诗论曾被选入《毛泽东论诗歌发展道路研究》一书;著有诗集《人生足音》和小说《渭水泱泱》。

注:

①新中国成立前教师工资低,无地位,所以父亲要我不走这条路。

②右派言论集上皆为"李一说:'铁托的理论是可以考虑的'"。

二〇二〇年一月十五日

如果青春可以复焕

如果青春可以复焕，
如果时间可以重度，
我还要再读西北军大财经学院①。
那里是一所学政治、学业务、学军事的高等学府。
它塑造了我们正确的人生观，
它点亮了我们迈步向前的光环。

那里是一所抗大式的办学场地，
住的窑洞自己挖，走的道路自己修，
膝盖当课桌，听课盘地坐……
艰苦环境是良师益友。
它培养了我们坚定的革命意志，
它增强了我们战胜困难的力量，
可识别那变色的秋叶，
可顶住那数九的寒天。

那里有我们的忘年同学，
两小无猜，两大也无猜，
我们促膝畅谈，心灵交会，
炽热的情感永不散。

那里有身经百战的首长，
那里有富有斗争经验的恩师。
他们教了我们智慧，
激励着我们成长。

那里给我们留下了红花般的昨天，
也留下了梦幻般的明天。
那歌唱声、挑战声、军号声……此起彼伏，
如今仍震鸣在我的耳畔。

如果青春可以复焕，
如果时间可以重度，
我还要再读西北军大财经学院。
原地、原班不变。
读书吧！操练吧！歌唱吧！
春去又春回，
重睹年华奋如前。
那曲江②的金柳，编织我们的帽环！
那东邻的杜公祠，新揭我们的诗篇！
那西天的彩虹，装进我们的心间！

注：

①西北军政大学财经学院，1950年8月后，由解放军体制改为地方体制，经多次院校调整，1953年下半年调整为现今的西南财经大学。

②西北军政大学财经学院院址在西安市南杜公祠旁边，曲江也在旁边。

留恋和希望

"大江东去,浪淘尽,千古风流人物。"遥想我们从青年时代到现在已进入老年,长久都难以忘怀的一位高大人物,他,就是贺龙同志;长久不能忘怀的母校,她,就是西北军政大学财经学院。

贺龙同志,戎马疆场,南征北战,新中国的五星红旗浸染着他的血汗,铭记着他的功勋。许多人知道他是一位杰出的军事家、一位伟大的元帅,但人们却鲜少知道他还是一位革命教育家。他创办过"抗大七分校""陕甘宁晋绥五省联防军驻晋随营学校"(后改为"贺龙中学")"西北人民工业学校""西北军政大学""西南人民革命大学成都分校"等。他为革命培养了大批前赴后继的人才,为新中国培养了大批的建设栋梁。可谓是高瞻远瞩,胸怀山河。他贯彻了党的非常时期教育方针,推进了解放形势的发展。

我们是"西北军政大学财经学院"[①]的学员,贺龙是我们的校长,是我们的元帅。往事一件件,在我们心头不断浮现;军号阵阵,仍在我们耳边吹响。

一、当年贺龙校长的动员令

1949年12月的一天上午,在长安王曲西北军政大学校部大操场上,各学院、各大队的学员,队列整齐,坐在草坪上,啦啦声,歌唱声,此起彼伏,响彻云霄。我们在等着一位首长。事先我们并不知道我们等的是贺龙,后来才明白,学员们沸腾起来了。许多人是第一次见到他,他身着军装,戴着墨镜,鼻下一字型黑须,讲话时手拿烟斗,给我们留下了深刻的印象。"好男儿,志在四方,新中国的青年要认识自己的历史责任,不要留恋故乡故土,到四川去,到西南去安家落户,在那里扎根开花……"这是贺龙校长当年对我们的动员令。

贺龙校长兴学育人的火种,永远燃烧在我们的心里。

二、不可动摇的革命人生观与世界观

二十世纪五十年代,我们风华正茂,心潮澎湃,没有想过向人民要些什么,只是想为人民做些什么。我们九个队千余干部学员,就像撒到西南各省的颗颗种子,肩负的使命是用我们的汗水去浇灌西南的草草木木。

风风雨雨是考验、是鼓励。虽然一时的风云,一些同志受到委屈,被打成这样的"分子",受过那样的"审查",但是非曲直,自有公理。

如今,我们虽然已鬓发花白,垂垂老矣,但我们的革命意志没有变、没有衰。同学中不少人成了教授、研究员、专家学者,著书立说;不少人担负国家重任,成为厅级、部级干部;不少人在生产部门,担任厂长、书记、经理、高级工程师、高级经济师、高级会计师。有的虽然默默无闻,却兢兢业业、尽职尽责地工作着,把年华献给了国家和人民;有的"老骥伏枥,志在千里",虽然离休,仍在呕心沥血,或仍在执教,或参加社会活动,离而不休。

许多年轻人不理解为什么我们像牛一样忠实?"有的不是共产党员,却比共产党员还要严格地要求自己……"回答只有一点,那是一时的路线偏差,不能改变我们在贺龙同志"兴学育人"观念的引导下,确立的牢固的马克思主义的人生观、世界观。并且以党的科学发展观为指导,在改革实践中与时俱进,不断地进行自我完善。

三、我们是来自各个方方面面的"忘年学员"

我们的文化素质不一,我们学院没有好的设备。学员中,有来自"贺龙中学""西北人民工业学校""北京财贸干校"的,也有在西安新招的,还有西北军政大学军政学院调来的,等等。文化程度有高有低,低至中学,高至大学。学员有单身的,有与女友相伴辍学而来的,有在旧社会工作过的。可谓不分年龄、学习程度的"忘年学员"。但却有共同的一点,也是最可贵的一点,那就是都有如同金子般的革命动机和革命目标。

四、艰苦可以培养我们的革命意志

路遥何所惧,艰苦何所弃。来校报到,自背行囊步行者有之;随军从山西过黄河,中途与敌军交战者亦有之;跋山涉水,自北京徒步行军者更有之。学院没有高楼大厦、电灯电话,以杜公(杜甫)祠为邻,土坡建院。住的窑洞,自己挖;走的路,自己修。无教室,露天上课,膝盖当课桌,草垫做椅凳。学员不缴学费,学院实行供给制,每月每人发两三元零花钱。这同当年的抗大、陕公没有什么两样。愈是艰苦的地方,愈能培养和锻炼我们的革命意志。

我们虽然有着不同文化程度、不同年龄、不同口语,但志同道合的红线[2],把我们的思想串联着。过去在白区,我们渴望读到《资本论》、"新民主主义论"……但这是要杀头的[3]。而一旦有了这样自由阅读的机会,可以想象得到我们在财院是如何的骄傲和满足。

许多书,我们从来没有见过,许多名词都是新鲜的。正如毛泽东同志说的:"每读一本,觉得都有新的内容,新的体会,于是下决心要尽最大的力量多读一些。我就贪婪地读,拼命地读,正像牛闯进了人家的菜园尝到了菜的味道,就拼命吃菜一样。"(1959年《多读几本书》第二期)同样,首长的讲话和老师的授课的内容也是新的,生怕记漏了。我们体会到,只有受压迫受剥削要求解放的人,才能真正理解马克思主义的真谛;只有那些不带阶级偏见的、追求真理、相信科学的人,才能用实践去检验真理。

五、非常时期的非常教育

我们西北军政大学财经学院既是高等学府,也是军营,我们既学政治、学专业,也要学军事,实行严格的军事化管理。在这里,我们受到了终生难忘的德、智、体、军全面教育。

学院要求我们既能适应和平建设时期的需要,又能适应战争时期的需要。文成者必有武备,武备者必需文才。

学院根据革命形势发展的需要,结合我们的特点,制订的教育方针是:"以培养确立革命的为人民服务的世界观和掌握一定专业知识的干部为目的。"

在学习内容上,以政治理论及政治思想教育为根本。在课程设置上公共课除安排有时事政策、专题报告之外,还有"中国革命问题""社会发展史",军训课和军事化的生活教育与管理课;专业课设有"工厂会计""政府会计""军队会计"及有关财务管理、地方财政等;其他还有技术课,如汽车驾驶等。由于解放形势发展迅速,有的队员未学专业课,就提前毕业了。

六、理论联系实际

我们向书本学习，向革命实践和社会实践学习。我们参加劳动，参加忆苦教育活动；自演自唱"王贵与李香香""十二把镰刀""思想问题""血泪仇"……配合学习，激发阶级觉悟。

难忘的小课、大课、谈心、互助、讨论、批判、联系自己；难忘的思想总结，交代历史，脱胎换骨，改造客观世界和主观世界。主动、自觉地与旧思想、旧立场决裂，批判旧的世界观，建立马克思主义世界观。思想改造是痛苦的，也是愉快的。通过将近一学年的学习，我们受到了马克思主义科学理论的熏陶，认识了人类社会发展规律，确立了运用辩证唯物主义和历史唯物主义的观点洞察世界。与刚进校时比，已判若两人——旧我与新我。

1950年5月我们进军至重庆，与西南军区后勤司令部会合。因为西南各地区需要干部，7月前后，我们提前毕业分配了。同学间、师生间的友谊，离别前迸发出的热泪与难舍难分之情，至今难忘。

如果说我们的人生道路是正确的，那是因为我们的目标不是为了温饱，而是高于温饱——为了人民，为了革命，流过一些血和汗，取得一些收获，我们得首先感谢贺龙校长和他领导下的干部、老师的言传身教，他们用党的优良传统和作风严格要求我们，让我们学到了做人和革命道理。

如果青春可以重来的话，我们仍留恋和希望再回到那样温暖的革命大学，重读就座。

注：

①西北军政大学财经学院1950年8月后，由解放军体制改

为地方体制,先后改名为"西南军政委员会财政部财政学校""西南财政专科学校"。后来国家准备成立西南人民大学,把重庆所有的财经院校合为"西南革命大学三处",1953年下半年经院校调整并入"四川财经学院"(今西南财经大学)。

我是1949年6月考入西北军政大学军政学院的,学完政治课、军事课,同年11月组织上考虑到我原先是学过财经专业的,即调我入西北军政大学财经学院,继续深造。

②红线即跟党走,参加革命,解放全中国的路线。

③当时上学是禁止读马克思的《资本论》《共产党宣言》等;若有人读,特务抓去就要关起杀头。

二〇一〇年五月二十一日

念 许 川

许川,
我深深地思念着你,
我知道,我在你心中的分量与位置,
和你在我的心里是一样的,
一百年不能变异。

一样的,不管在当面或背后,
我俩都无猜疑,始终如初。
你说,"我俩是在一个战壕里"。
即使是在两地,
一根互通心灵的热线也把我们连起。

一样的,总把请托记在你的小本里,
"那么健忘吗?"
"为了保险。"
这永久的记忆!

每当我困顿像爬上海岸或掉下水的时候,
别人在旁袖手看笑,
而你却伸出温暖的手臂。

许川，
我深深地、深深地思念着你，
春天来了，
阳光和煦。
百花开了，
可，你却走了。
走得太早，你才62岁的年纪。
留下了你的心，
留下了你的情，
龙泉山依旧昂然屹立，
锦江水依旧奔流不息。
我不知该怎样把它珍藏？
才温存，才绝密。
我不知奔向哪里，才能找到你？
找到你议事、论文。
面临着这苍茫的天地！
面临着这迷茫的烟村！

二〇一二年二月十八日

我与许川①之间

朋友是一团火。那还是"桂冠"压顶的时候,一天许川在春熙路碰见我,未启齿,先打了我一拳。"伙计!这几年你上哪里去了?我好想你哟!"

真正的朋友是无界限的:"历史是会理解你的,像以前那样常来我家。"许川的妈妈也说:"我儿子叮嘱,你是他最要好的朋友,要我以上宾礼遇。"

友谊是一块黄泥巴。"我是瘟疫般的贱民,别人都怕染我,而你却相反,为什么?""朋友不过诚恳,无私,你是有其代表性的一块黄泥巴。"

友谊是高于酒肉的。"李一,我俩是在一个战壕里。"他多次对别人这样说。志道一致,是非一致。我们的谈话,总是"从真理的深处说出",我们的感悟总是从心灵的底部共鸣。

许川,你走得太早了,我们的合著②未完成,我的书著序言,你未落字,要等你到何年何月?

只有把这一希望留在春天的小草里,只有把这一遗憾寄存于秋天飘飞的落叶里。

注:
①许川,生于1929年,逝世于1991年3月6日,享年62岁。1950年他在重庆新华日报社时,我们结识,至他任中共四川省委宣传部部长期间我们一直保持联系。

②1957年5月,我与许川经组织支持,计划合著一部有关自由市场问题的书籍,后因我被错划为右派而搁浅。

1991年我要出版的《国际经济技术贸易》一书,许川答应写序言,但因病而未提笔。

二○一一年三月七日

手捧春风寄谢意

一步一人生，一步一命运。手捧春风寄谢意。能出这本《人生足音》诗词集，得首先感谢改革开放，我感到了自由，如鸟儿一般穿云破雾，飞向天外天。

八十学诗文，人生又一春。手捧春风寄谢意。能出这一诗词集，要进而感谢这文化大发展、大繁荣的春天，点燃了我的诗情火花，汗湿素纸，皓首放歌。

人生足音，足音诗韵。手捧春风寄谢意，更应致谢春泥护花人，鼓舞了我的志气，给书增添了光彩。

衷心感谢我们川大原校长谢和平院士、书法家、诗人为之题写书名。

衷心感谢川大著名教授赵振铎为之撰写序言。

衷心感谢著名诗人刘章为之做编审、写序言、赋贺诗。

衷心感谢著名诗人流沙河为之赠诗祝贺。

衷心感谢著名画家余又新战友为之赋画致意。

衷心感谢高工伊鄂诗友为之和诗。

衷心感谢，在我诗词创作过程中推荐过我的诗的我们川大原校党委书记杨泉明教授、朗诵过我的诗的我们川大原校党委常务副书记罗中枢教授。

衷心感谢在我出版诗集新版的过程中，川大文学与新闻学院著名教授干天全对我的新体诗做的审定和推荐。

衷心感谢四川大学出版社对新版《人生足音》给予的大力支持。

《人生足音》诗词集，乃余初作，仰望诸家赐教，至盼，至盼。